Helene Bukowski
Milchzähne

Blümenbar

HELENE BUKOWSKI
MILCHZÄHNE

ROMAN

Blumenbar

FÜR TRESSOW

»Don't you think people are formed by the landscape they grow up in?«
Joan Didion

—

Der Nebel hat das Meer verschluckt. Wie eine Wand steht er dort, wo der Strand beginnt. An den Anblick des Wassers kann ich mich nicht gewöhnen. Immer suche ich nach einem gegenüberliegenden Ufer, das mir Halt geben könnte, aber bis auf Meer und Himmel ist da nichts. An diesigen Tagen verschwimmt selbst diese Grenze.

Die Sonne bekommen wir kaum zu Gesicht, doch das wird sich ändern. Einen ersten Vorboten gibt es bereits, die Tiere verlieren nun auch hier ihre Farbe. Einige von ihnen versuchen die Flucht über das Meer, aber die Wellen spülen sie schon nach wenigen Stunden zurück an den Strand. Wir finden sie zwischen Treibholzstücken und Plastikmüll. Niemand weiß, ob wir von ihnen krank werden, aber unser Hunger ist größer als unsere Furcht.

Umkehren können wir nicht. Einige sagen, es hat ein Feuer gegeben. Die Trockenheit der Wälder. Ein einzelner Funke. Ungünstiger Wind. Ich stelle mir eine schwarze Ebene vor. Die Asche fällt wie Schnee. Der Horizont unverstellt.

Andere behaupten, der Prozess sei schleichend gewesen. Nach und nach sei alles zu Staub zerfallen.

Uns bleibt nur die Flucht nach vorn.

Nachts finde ich keinen Schlaf. Ich habe mich deshalb entschlossen, mit meinem Bericht zu beginnen. Die Beschäftigung soll mir die dunklen Stunden füllen.

Den Tisch, an dem wir sonst essen, habe ich von der Mitte des Zimmers an das Fenster geschoben. Das Glas ist von innen beschlagen, aber ich will auch nicht weiter nach draußen starren. Die Stehlampe wirft ihr gelbes Licht in den Raum. Es gibt hier Strom. Vielleicht stehen mitten im Meer riesige Windräder. Was kümmert es sie, dass unsere Welt aus den Fugen geraten ist. Wenn es das Wetter hergibt, werden sie sich immer weiterdrehen.

Vor mir auf der groben Tischplatte liegen meine Notizen. Seit wir aus der Gegend geflohen sind, habe ich sie mir kein einziges Mal angesehen. Ich wollte mich nicht erinnern müssen. Jetzt gelingt es mir nicht mehr, die Bilder zu verdrängen. Ich beginne zu lesen, und alles taucht wieder auf. So klar und deutlich, als würde ich einen Film betrachten. Mithilfe der Notizen will ich das, was passiert ist, in die richtige Reihenfolge bringen. Ich werde erzählen, wie ich es erlebt habe, denn es soll meine Geschichte sein.

Wenn ich fertig bin mit diesem Bericht, werde ich ihn in der Schublade des Tisches zurücklassen, in der Hoffnung, dass wir auf der anderen Seite des Meeres ein neues Leben anfangen.

1

Lesen und Schreiben hat mir Edith beigebracht. Damals war ich für sie noch eine Verbündete. Nachmittag für Nachmittag saßen wir auf der fleckigen Matratze in ihrem Zimmer und stapelten Bücher um uns herum. Draußen vor dem Fenster verhing der Nebel die Landschaft. Neben dem Bett glühten die Drähte des Heizstrahlers, und trotzdem wurde es nie richtig warm. Damit ich nicht fror, wickelte Edith mich in eine Decke und saß eng bei mir, während sie ein Buch aufschlug und mir vorlas. Immer wieder hielt sie inne, fuhr mit dem Finger die Buchstaben nach und sprach sie laut und deutlich aus. Konzentriert wiederholte ich sie. Später schrieb sie mir einzelne Wörter auf und ließ sie mich mit Buntstiften nachzeichnen:

HAUS
HUND
WALD

Bald begann ich, mir die Wörter selbst zu suchen:

NEBEL
PERLMUTT
ROST

Jetzt rückblickend, erscheinen mir diese Nachmittage absurd in ihrer Friedlichkeit.

2

Lange Zeit existierte für mich die Welt außerhalb unseres Grundstücks nicht. Ich baute Höhlen aus Laken und versteckte mich tief im Haus.

»Was du brauchst, sind Bücher«, erklärte Edith mir.

Sie lagen überall herum, denn Edith sah keinen Sinn darin, sie nach dem Lesen zurück in das Regal zu stellen. Auch ihre Kleider waren wild verteilt. Wenn sie sich anzog, ging sie von Raum zu Raum und nahm sich, was sie gerade fand.

Ihren Schmuck dagegen bewahrte sie fein säuberlich in einer Schatulle auf dem Frisiertisch in ihrem Zimmer auf. In jedem Stück war Perlmutt verarbeitet. Dass Perlmutt vor Ediths Ankunft in der Gegend völlig unbekannt gewesen war, erzählte sie mir einmal, als ich nicht einschlafen konnte. »Hier tragen sie nur Goldringe, die mit den Zähnen von Wildschweinen besetzt sind oder mit Bernsteinen. Ich habe ihnen gesagt, dass auch Bernsteine aus dem Meer kommen, aber das haben sie mir nicht geglaubt.«

BERNSTEIN – HARZ VON KIEFERN, DAS DAS MEER IN EINER LÄNGST VERGANGENEN ZEIT ZU EINER AMORPHEN MASSE AUSGEHÄRTET HAT, las ich am nächsten Tag in dem Naturkundebuch, das Edith mir aufgeklappt auf den Küchentisch gelegt hatte.

3

Mit uns im Haus lebten zwei blaue Doggen. Sie hatten keine Namen und hörten nur auf Edith. Jeden Morgen gab sie ihnen Rinde zu fressen, die sie vom Feuerholz pulte.
Ich glaubte, alle Hunde würden auf diese Art ernährt, bis ich ein Buch über Haustiere durchblätterte. Ich las von DOSENFUTTER und SCHLACHTABFÄLLEN.
Als ich Edith die Seite zeigte, lachte sie. »Du kannst von der Welt nicht erwarten, dass sie immer genauso ist wie in den Büchern.«

Wenn Edith nach draußen ging, wichen die Doggen nicht von ihrer Seite. Selbst der Garten schien für die Hunde eine Bedrohung. Mir dagegen gefiel es dort. Überall stand das Unkraut. Edith brachte mir die Namen der Pflanzen bei. Besonders mochte ich die GOLDRAUTEN. Sie hatten leuchtend gelbe Blüten und wuchsen so hoch, dass sie mich überragten.
Den BEIFUSS pflückten wir und hängten ihn im Wohnzimmer zum Trocken auf. Das ganze Haus roch danach.
Sobald sich die BRENNNESSELN zu sehr ausbreiteten, riss Edith sie aus dem Boden. Dabei durfte ich ihr nie helfen. Wenn sie wieder ins Haus kam, waren ihre Arme rot und geschwollen, aber sie tat jedes Mal so, als hätte sie die Handschuhe nicht mit Absicht vergessen.
Aus den Brennnesseln machte Edith Jauche, die sie mit Wasser verlängerte und in Kanister füllte. Damit düngte sie den Boden.

Neben dem Holzschuppen legte Edith ein Kartoffelfeld an. Ich half ihr beim Umgraben und Unkraut Jäten.
Wegen des feucht-kalten Wetters gab es viele Schnecken. Nachts sammelte ich sie aus dem Beet und warf sie in einen Plastikeimer, den Edith mit kochendem Wasser füllte. Die toten Tiere schüttete ich auf den Kompost.

Im Zentrum des Gartens befand sich ein Pool. Die hellblauen Fliesen stumpf. Das Wasser brackig, trotzdem gingen wir darin baden. Edith brachte mir das Schwimmen bei. Ich lernte es schnell. Wenn wir wieder aus dem Wasser stiegen, waren unsere Lippen blau gefroren. Wir wärmten uns am Kamin auf, und Edith las mir Geschichten von Meerestieren vor, die dunkel und schwer im Ozean schwammen.

Immer wieder lag Edith für Stunden im nassen Gras und fing mit den bloßen Händen Kaninchen, die sich aus den umliegenden Wiesen zu uns verirrten. Aus einem Buch über Kleintiere wusste sie, wie man sie schlachtete. Im letzten Kapitel wurde das Züchten erklärt. Ich las es ihr vor, und am nächsten Tag bauten wir die Ställe. Achtzehn quadratische Holzboxen, jeweils sechs in einer Reihe. Edith übertrug mir die Aufgabe, mich um die Tiere zu kümmern.

Aus den schwarzen Fellen der geschlachteten Tiere nähte Edith Mäntel. Tagelang saß sie am Küchentisch und tat nichts anderes.
Nach der Fertigstellung eines Mantels nahm sie ihn und drapierte ihn irgendwo im Haus. Wie sie so dalagen, kamen sie mir vor wie schlafende Tiere. In meinen Träumen wachten sie über mich.

Nur einen der Mäntel trug Edith selbst. Er war so schwarz wie das Wasser in der Regentonne neben dem Haus.

Die Knöpfe hatte sie aus den Knochen geschnitzt, und er hatte eine riesige Kapuze, die sich Edith tief ins Gesicht zog, wenn sie in den Garten ging.

Über Wochen hatte sie jede Nacht an ihm genäht. Damals verstand ich nicht, dass sie es tat, weil sie keinen Schlaf fand.

Als sie ihn das erste Mal anzog, war ich dabei. Draußen dämmerte der Tag. Barfuß stand ich auf den kalten Steinfliesen und fröstelte.

»Gefällt er dir?«, fragte Edith und drehte sich im Kreis.

Ich schwieg.

Edith griff meine Hand. »Er ist so dick, er könnte Schüsse abhalten«, sagte sie.

Ich antwortete: »Fast hätte ich dich nicht erkannt.«

Edith ließ meine Hand los und schickte mich zurück ins Bett.

4

»Geh nicht weiter als bis zur Brombeerhecke«, schärfte Edith mir ein.
Für sie selbst galt diese Regel nicht. Sie ging, wenn sie glaubte, dass ich schlief. Durch das Fenster auf halber Treppe sah ich, wie sie mit unserem verrosteten weißen Pick-up davonfuhr. Auf der Ladefläche mehrere Kanister mit Jauche. Wenn sie wiederkam, waren es andere Kanister. Ich vermutete Benzin. Auch neues Feuerholz brachte sie mit. Beim Aussteigen hatte Edith es nie eilig, in der Hand trug sie immer einen schweren Leinenbeutel. Während sie zurück zum Haus lief, stieß er ihr bei jedem Schritt gegen die Beine und hinterließ blaue Flecken.
Ich wusste, dass es Konserven waren, die sie von ihren Streifzügen mitbrachte. Ich fand sie am nächsten Tag in der Speisekammer. Ihre Etiketten waren weniger verblichen als die der anderen.
Ich las sie so oft, dass ich sie auswendig lernte und in meinem Zimmer auf einen Zettel schrieb: ERBSENSUPPE, EINGELEGTE BOHNEN, SCHMALZFLEISCH, TOMATENSUPPE, EISBEINFLEISCH, KONDENSMILCH, ROTKOHL, SAUERKRAUT, SCHATTENMORELLEN, SÜLZE.

5

An manchen Tagen kam es vor, dass Möwen aus dem Himmel stürzten. Wir fanden sie verrenkt im Gras. Die Gefieder wie angekohlt, oft mit entzündeten Stellen am Bauch oder an den Gelenken der Flügel. Edith begrub die Kadaver in unserem Garten. Dabei rezitierte sie Verse, von denen ich mir jeden einzelnen einprägte. Noch immer könnte ich sie wiedergeben, aber wer macht sich hier noch etwas aus Gedichten?

Auf die Beerdigungen folgten immer Tage, an denen Edith nicht aufstand. Während sie bewegungslos auf ihrer Matratze lag, weder schlief noch wach war, versuchte ich in ihrer Rufweite zu bleiben. Ich brachte ihr Essen oder malte für sie etwas auf die Papierservietten, die ich in der Küche gefunden hatte. Wenn ich sie ansprach, reagierte sie nicht. An besseren Tagen durfte ich ihr ein nasses Tuch bringen und es auf ihr Gesicht legen.

6

[Ich verlor meinen ersten Zahn, und alles begann, sich zu verändern.] Ich lag in meinem Bett unter der Decke und las im Licht der Taschenlampe, als der Zahn durch den Druck meiner Zunge nachgab. Ich spuckte ihn aus. Kein Blut klebte an ihm. Wie eine Perle lag er in meiner Hand. Ich versuchte, ruhig zu atmen. Dass sich ein Stück aus meinem eigenen Körper so einfach gelöst hatte, war für mich eine Ungeheuerlichkeit. Ich konnte es mir nicht erklären. Angst schnürte mir den Brustkorb zu.
Draußen vor meiner Zimmertür begannen die Doggen zu winseln. Ich rief nach Edith, doch erhielt keine Antwort.
Mit dem Zahn in der Hand trat ich hinaus. Die Hunde wichen vor mir zurück. Ich fand Edith zusammengerollt auf der Matratze. Mit leerem Blick starrte sie an die Decke. Ich hielt ihr meinen Zahn hin, doch sie reagierte nicht. Erst als ich zu weinen begann, setzte sie sich auf und sah mich an.
»Bitte geh einfach«, sagte sie. Aus dem Flur kamen die Doggen und schoben mich knurrend aus dem Raum.

Ich verkroch mich in meinem Bett. Den Zahn hielt ich in meiner geschlossenen Hand und traute mich nicht, mich zu rühren.
Es wurde Morgen, und nichts war passiert. Bis auf meinen Zahn hatte ich nichts verloren. Ich stand auf, legte ihn auf das Fensterbrett und klopfte an Ediths Tür, aber sie ließ mich nicht hinein. Ich ging nach unten und suchte mir das medizinische Lexikon heraus. Zurück in meinem Zimmer stellte ich den Heizstrahler neben mein Bett und setzte mich mit dem

Buch auf meine Matratze. Zum ersten Mal las ich von MILCH-
ZÄHNEN.

Am nächsten Tag verließ ich das Grundstück. Ich wollte mich nicht mehr an Ediths Regel halten.
Ich zog meinen Regenmantel an und ging in den Garten. Durch den Nebel war das Licht milchig. Die Feuchtigkeit legte sich als dünner Film auf meine Haut. Ich bückte mich nach einem Stein, den wir beim Umgraben gefunden hatten. Er war nicht zu schwer und lag gut in der Hand. Mit weichen Knien ging ich zur Brombeerhecke. Der Wald dahinter kam mir vor wie eine Kulisse. Ich fixierte ihn und warf den Stein. Ohne ein Geräusch zu verursachen, kam er auf der anderen Seite auf. Ich musste erst zehn weitere Steine werfen, bevor ich mich traute, mir einen Weg durch die Hecke zu bahnen.
Der Wald stand, als hätte er all die Jahre auf mich gewartet. Ich untersuchte die Rinde der Kiefern, verschob die Nadeln auf dem Boden, steckte zwei Tannenzapfen in die Tasche meines Regenmantels und lag, bis es dunkel wurde, in einer Kuhle zwischen den Wurzeln, den Blick in den Zweigen über mir.
Ich verstand, dass ich auch hier hingehörte und dass die Landschaft jenseits des Hauses, des Gartens, auch für mich gemacht war.

Als Edith wieder aufstand, war ich sechs Mal in den Wald gegangen. Ich hatte einen weiteren Zahn verloren und ihn zusammen mit dem anderen in eine kleine Blechdose getan, die ich im Schuppen gefunden hatte.
Ich zeigte sie Edith, als sie zu mir in die Küche kam. Ihre Reaktion war nicht, wie ich erwartet hatte. Sie verschränkte die

Arme vor der Brust und sagte: »Dann bist du nun also eine von ihnen.«
Verständnislos sah ich sie an.
»Ich habe nie einen einzigen Zahn verloren. Du kommst wohl nach deinem Vater.«
Es war das erste Mal, dass Edith von ihm sprach.
»Mein Vater?«, fragte ich.
Edith winkte ab.
Sie ging wieder hinaus und ließ mich allein am Tisch zurück, wo ich die Dose in den Händen drehte und es noch immer nicht verstand.

Edith fand die zwei Tannenzapfen, die ich aus dem Wald mitgebracht hatte. Für drei Tage sperrte sie mich im Keller ein. Nachdem sie mich wieder nach oben gelassen hatte, kletterte ich durch ein offen stehendes Fenster und schlug mich erneut in den Wald.
Aus dem Haus zu verschwinden, fühlte sich an, als würde ein schwerer Stein von meinem Brustkorb genommen werden.

Am nächsten Morgen füllte eine gleißende Helligkeit mein Zimmer. Ich glaubte an einen Traum, doch das Licht blieb. Durch das Fenster blickte ich hinaus und erschrak. Blau war der Himmel über der Landschaft. Keine Wolke war zu sehen, nur die Sonne stand über dem Haus. Es war das erste Mal, dass nicht alles vom Nebel verhangen war. Ich musste die Augen schließen, rot glühte es hinter meinen Lidern.
Blinzelnd zog ich mich an und ging in den Garten. Ich trug nur ein T-Shirt, doch ich fror nicht. Der Himmel spannte sich weit über meinen Kopf. Noch nie hatte ich mich so gefürchtet.

Gegen Mittag zog der Nebel wieder auf. Und in der Nacht wurde es so kalt, dass die oberste Wasserschicht in der Regentonne gefror. Ich brach ein Stück heraus, trug es ins Haus und legte es auf den Küchentisch. Ich blieb dort sitzen, bis das Eis ganz geschmolzen war, und sah dabei zu, wie das Wasser von der Tischplatte lief.

Nicht lange danach begann sich das Wetter radikal zu verändern, und ich glaubte lange, es sei meine Schuld. Ich hatte mich nicht an Ediths Regel, das Grundstück nicht zu verlassen, gehalten und damit die Ordnung durcheinandergebracht.
Um gegen die Schuldgefühle anzukommen, begann ich, die Dinge aufzuschreiben. Aus den einzelnen Wörtern wurden ganze Sätze. Durch sie versuchte ich, festzuhalten, was im Begriff war, sich aufzulösen: die Welt, wie ich sie kannte.

ICH HABE DAS BLAU DES HIMMELS GESEHEN, ES SAH AUS, ALS WÄRE ER AUSGEHÖHLT, UND ICH DENKE, IRGENDWANN WERDEN AUCH DIE HÄUSER WIE SKELETTE STEHEN.

7

Monate, nachdem ich das erste Mal das Grundstück verlassen hatte, fand Edith die von mir aufgeschriebenen Sätze. Lange starrte sie auf das Papier, ohne zu merken, dass ich dicht hinter ihr stand. Ich wagte nicht, zu atmen.
Schließlich legte sie die Zettel zurück, als hätte sie sie nie gefunden, und bevor sie mich entdecken konnte, schlich ich in den Flur zurück.
Ich wusste, es galt, die Sätze in Zukunft besser zu verstecken.
Von da an schob ich sie unter eine lockere Diele im oberen Flur. Jeden Tag kamen weitere dazu. Als der Platz nicht mehr ausreichte, suchte ich mir neue Orte, immer darauf bedacht, dass Edith sie nicht entdeckte.
Nach einer Zeit hatte ich das Gefühl, das Haus bestünde nur noch aus meinen Sätzen. Es kam mir vor, als wären sie unter der Oberfläche der Dinge zu sehen, bereit, jeden Moment hervorzubrechen.

8

Zum ersten Mal nahm ich das Haus in all seiner Deutlichkeit wahr.
Bei der grünlackierten Eingangstür platzte die Farbe ab, und der Schmutz auf dem darüber liegenden Rundbogenfenster mit den sich auffächernden Holzverstrebungen war so dick, dass kein Licht hindurchfiel.
Die grauen Steinfliesen im Flur klebten. In der Küche war es immer dunkel, nicht zuletzt wegen der Schränke aus Eiche und des Küchenbuffets, das schwarz war, fast als wäre die Oberfläche verkohlt. Noch dunkler wurde es nur in der Speisekammer. Hier fand ich nun manchmal Edith, wie sie mit geschlossenen Augen ihre Haare abtastete oder ihre Hände zu Fäusten ballte und mich anschrie, sobald sie merkte, dass ich die Tür geöffnet hatte.

[Die Unordnung begann, ein neues Ausmaß anzunehmen.]
Am schlimmsten war es im Wohnzimmer, dem größten Raum des Hauses. Edith hatte das Sofa in die Mitte geschoben. Quer stand es auf dem ausgetretenen Teppich. Der beigefarbene Bezug war an vielen Stellen abgewetzt, als hätte sich ein großes Tier an ihm gerieben.
Edith hatte sich angewöhnt, nur noch dort zu schlafen. Als Bettdecke benutzte sie ein Laken, dass sie nie wusch. Säuerlich roch es nach ihrem Nachtschweiß.
Der Boden war bedeckt mit einer Schicht aus Büchern. Dazwischen standen halbleere Wassergläser und benutztes Geschirr.
Die schmale Kommode aus Kirschholz neben der Tür ließ

Edith immer offenstehen. Ihr Inhalt variierte. Schmutzwäsche, Weckgläser, zerknülltes Papier, Feuerholz.
Einmal räumte sie Edith ganz leer und legte nur eine Brosche oben auf die Ablagefläche. Als ich gegen Mittag den Raum betrat, fiel Sonnenlicht durch den schmalen Spalt zwischen den Vorhängen und wurde von der Brosche zurück in den Raum geworfen. Versprengte Lichtreflexe, die ich im ersten Moment für Einschusslöcher hielt.

Manchmal ging ich freiwillig in den Keller. Der Zugang befand sich im Flur. Eine Falltür, unter der eine nach Moder riechenden Holztreppe steil nach unten in die Dunkelheit führte. Die Regale waren gefüllt mit unserem Vorrat. Eingelegtes Obst und Gemüse. Getrocknete Früchte. Kondensmilch. Zwieback. Ein paar der von Edith mitgebrachten Konserven. Es beruhigte mich, die vorhandenen Lebensmittel zu zählen. Und selbst, dass manchmal das Licht der Glühbirne ausging, die an der niedrigen Decke hing, störte mich nicht. Es gefiel mir sogar, in dieser Dunkelheit zu stehen, in der es keinen Unterschied machte, ob ich die Augen offen hielt oder schloss.

Vom Flur führte eine breite Holztreppe in das obere Stockwerk. Das hölzerne Geländer glatt und anschmiegsam. Auf halber Höhe befand sich das schmale Fenster, von dem aus man die Straße sehen konnte, mit der das Haus über einen Sandweg verbunden war.
Einmal überraschte ich Edith dabei, wie sie auf der Treppe stand und aus dem Fenster starrte. Als sie mich bemerkte, fuhr sie herum und sagte: »Wenn sie kommen, stelle ich mich da rein und knall sie ab«, dann formte sie die linke Hand zur Pistole. »Peng, peng«, sagte sie und zielte auf mich.

In ihrem Zimmer hatte Edith alle Fenster mit Zeitungspapier abgeklebt. Das lichtdurchlässige Papier hatte sie mit schwarzer Schuhcreme übermalt. Seitdem sah es so aus, als hätte sie die Fenster mit Teer versiegelt.
Die nackte Matratze und Daunendecke zierten Schweiß- und Blutflecken. Mit der Taschenlampe inspizierte ich die Flecken.
»Die kriegt da niemand mehr raus«, sagte Edith im Türrahmen stehend. Ich wich zurück. Sie kam herein und fuhr mit den Fingern die Umrisse nach. »Da hat sich mein Körper eingeschrieben. Die Matratze wird für immer mein Denkmal sein.«
Sie lachte lautlos und ließ mich mit dem zitternden Licht der Taschenlampe allein zurück.

Ihren zerbeulten silbernen Rollkoffer hatte Edith neben das Bett geschoben. Platziert wie ein Relikt. Sie verrückte ihn nie. Ich wollte ihn unter keinen Umständen berühren.
Dem Bett gegenüber stand Ediths Frisiertisch. Je mehr Zeit verging, desto staubiger wurde er. Der Spiegel war mit einer matten Schicht überzogen. Mein Gesicht kam mir darin wie eine Maske vor.
Auf der Marmorplatte lagen Ediths Lippenstifte, eine Puderdose aus Perlmutt und eine Bürste aus Treibholz, mit der sie sich früher stundenlang ihr ausgeblichenes Haar gekämmt hatte.
Manchmal versteckte ich einen dieser Gegenstände, schob die Bürste unter den Teppich oder legte einen Lippenstift auf den Schrank. Erst wenn Edith die Suche aufgab, ließ ich sie wiederauftauchen.
Zudem begann ich, die Tapete von den Wänden zu lösen, doch Edith störte sich nicht daran.

»An manchen Tagen wäre ich auch gern nackter«, sagte sie bloß.

Ediths Schrank nahm eine ganze Wand ihres Zimmers ein. Die Spiegeltüren ließen den Raum doppelt so groß erscheinen. Kein einziges Kleidungsstück hing mehr auf den silbernen Bügeln.
Wenn ich die Schranktüren öffnete, bewegten sie sich klimpernd im Luftzug. Die Innenwände hatte Edith mit Bildern vom Meer tapeziert:

SANDSTRAND

HELLE DÜNEN

ANGESPÜLTE ALGEN

BEMOOSTE WELLENBRECHER

EIN PIER IM NEBEL

[EINE AUSGEBOMBTE STRANDPROMENADE]

Sie betrat das Zimmer nur noch, um sich in den Schrank zu setzen und die Bilder im Licht der Taschenlampe zu betrachten. Wenn sie mich vorbeigehen hörte, rief sie: »Nur der Kiefernwald ist mir hier vertraut. Er sieht aus wie der Kiefernwald nahe der Küste.«

Neben Ediths Zimmer befand sich das Bad. Dunkelblaue Fliesen. Viele von ihnen mit Bruchstellen. Auch durch die Decke zog sich ein Riss. In der Mitte die freistehende Wanne, in der Edith nun immerzu badete. Manchmal vergaß sie, das Wasser abzustellen. Jedes Mal musste ich kommen, um das Schlimmste zu verhindern. Dauernd war ich damit beschäftigt, hineinzustürzen, den Hahn wieder zuzudrehen und mit

Handtüchern das bereits über den Wannenrand geflossene Wasser aufzuwischen.
Einmal war mir dabei eines von Ediths Büchern vom Waschbecken ins Wasser gefallen, vielleicht hatte ich es auch mit Absicht mit dem Ellenbogen gestreift. Sofort sog es sich voll, quoll auf. Edith zog es heraus, barg es an ihrer Brust und griff blitzschnell nach einem Stein vom Wannenrand, den ich aus dem Wald mitgebracht und dort platziert hatte. Gerade noch rechtzeitig konnte ich mich ducken. Der Stein krachte knapp über mir gegen den Spiegel, von dem ein großes Stück abbrach und auf dem Boden zersplitterte.
»Das bringt das meiste Unglück«, erklärte ich ihr, doch Edith hörte mich nicht. Sie war untergetaucht und hielt die Luft an, bis ich das Badezimmer verließ.

Die anderen Räume hatte Edith mit Möbeln zugestellt. Viele von ihnen mit weißen Leinentüchern verhängt. Unförmige Gebilde. Als würde dieses Haus eigentlich anderen gehören, auf deren Rückkehr wir warteten.
In Ediths schlaflosen Nächten schob sie die Schränke und Kommoden stundenlang über die Dielen. Überall an den Wänden und auf dem Boden die Spuren. Immer war sie auf der Suche nach einer anderen Anordnung. Ich durfte mich an nichts gewöhnen.

Von meinem Zimmer, das sich wie das von Edith in der oberen Etage befand, zog ich auf den Dachboden. Nur dort fühlte ich mich sicher. Nie kam sie dahinter, wo ich die Holzstange versteckte, die es brauchte, um die Leiter herunterzuklappen.
Oben war es immer viel wärmer als in den Stockwerken darunter, dafür blieben die Möbel da, wo ich sie hingestellt

hatte. Die Matratze unter dem einzigen Fenster. Ein schmaler Sekretär an der anderen Wand. Ihm gegenüber ein breiter Korbsessel. Meine Kleider, sorgfältig gestapelt in Pappkisten an der Wand. Nichts lag herum.
Wenn ich abends das Fenster öffnete, konnte ich den Kiefernwald riechen.

Seitdem Edith sich von mir verraten fühlte, ging sie kaum noch in den Garten.
In der Brombeerhecke legte ich mir ein Tunnelsystem an. So konnte ich mich tagelang verstecken, ohne das Grundstück zu verlassen. Edith machte sich kaum noch die Mühe, nach mir zu suchen. Oft trat sie nur aus der Hintertür und rief meinen Namen. Es klang, als wolle sie ein Tier locken.
Manchmal stocherte sie auch halbherzig mit einem Stock im hohen Gras. Ich beobachtete sie dabei und blieb, wo ich war.
Nur ein einziges Mal war Edith hartnäckiger. Einen ganzen Nachmittag harrte sie draußen aus, stand bewegungslos im letzten Nebel und horchte auf ein Geräusch von mir, während sich die Nässe auf das durchsichtige Regencape legte, das sie über ihrem schwarzen Kaninchenfellmantel trug. Ich kroch so tief in die Hecke, dass die Dornen meine Arme und Beine zerkratzten. Noch immer sind die Narben davon zu sehen. Sie bilden ein helles Muster aus feinen Linien auf meiner Haut.

Brombeeren trug die Hecke kaum noch. Wenn sie es doch tat, musste ich mein Versteck aufgeben, denn Edith bemerkte es sofort und verbrachte den Tag damit, die Früchte zu ernten. Sie aß nichts anderes. Der Saft färbte ihre Lippen, Zähne und Zunge dunkel, fast schwarz.

9

Seit es immer wärmer wurde, begann sich die Fellfarbe der Kaninchen zu verändern. Jeder neue Wurf war heller als der vorige, bis sie alle weiß waren, wie Schnee. Sie hatten rote Augen und waren weniger widerstandsfähig.
ALBINOTIERE, nannte Edith sie.

Nie vergessen werde ich, wie das Fell auf dem Kompost verrottet ist, die Fliegen und den Geruch, denn Edith weigerte sich, die weißen Felle zu verwenden.
»Die Farbe kann nichts Gutes bedeuten«, sagte sie.

Auch andere Tierarten verloren ihre Farben. Plötzlich gab es nur noch weiße Hühner, weiße Pferde. Auch ein paar Hunde, wie gekalkt. Im Wald tauchte ein weißer Fuchs auf. Zeitgleich verschwanden die heimischen Vögel. Mehrere Jahre hintereinander baute ich Nistkästen und hängte sie auf, doch sie blieben jedes Mal leer.

Edith kümmerte sich nicht mehr um das Kartoffelfeld. Ich selbst begann, die Jauche herzustellen. Damit die Pflanzen die anhaltende Hitze vertrugen, düngte ich sie täglich. Der Ertrag war überschaubar. Dreimal im Jahr sammelte ich die Kartoffeln aus dem ausgedörrten Boden und legte sie im Keller in Holzkisten, grub das Feld um und setzte neue Saatkartoffeln.

Im Haus hielt ich mich nur noch selten auf. Stattdessen vertraute ich mich der Landschaft an.

»Du siehst aus wie sie«, kreischte Edith, wenn ich von meinen Streifzügen wiederkam und meinen roten Regenmantel, den ich irgendwo im Gestrüpp gefunden hatte, über die Lehne eines Stuhls hing.
»Ich bin eine von ihnen«, entgegnete ich, und Edith versuchte, das kochende Wasser vom Herd über mich zu kippen. Ich brachte mich hinter dem Tisch in Deckung. Edith ließ den Topf fallen, das Wasser ergoss sich über den Boden. Ich kletterte auf einen Stuhl.
»Verräterin«, sagte Edith und ging hinaus.

Sie verließ das Grundstück nur noch, um ein Stück in den Wald hineinzulaufen und einen Kiefernzweig zu holen. Zurück im Haus stellte sie ihn in eines der Wassergläser im Wohnzimmer und roch jedes Mal an ihm, wenn sie vorbeiging.
Mit dem Pick-up fuhr sie nicht mehr, und auch neue Konserven kamen nicht hinzu.
Sie verbarrikadierte sich tief im Haus. Manchmal lag sie für Tage in der Badewanne. Wenn sie wieder herauskam, war ihre Haut weiß und aufgeschwemmt.

Irgendwann begann ich zu hoffen, dass Edith verschwinden würde. Immer wieder träumte ich davon.

EIN ZURÜCKGELASSENER KANINCHENFELLMANTEL, HALB VON DER TREPPE GERUTSCHT. DORT, WO DER KOFFER GESTANDEN HAT, BLEIBT KEIN STAUB ZURÜCK. NACH UND NACH EIN HAUS AUSRÄUMEN. ICH STAPLE MÖBEL IM GARTEN UND ZÜNDE SIE AN, DAS KNACKEN DES HOLZES HÖRE ICH IN LEEREN ZIMMERN.

Wenn ich aufwachte, war immer noch alles da. Ihre Kleider, ihr Schmuck, die Treibholzstücke, der silberne Rollkoffer und sie selbst, schlafend auf dem Sofa.

Die Jahre vergingen, und ich glaubte nicht mehr daran, dass es noch weitere Veränderungen geben würde. [Dann fand ich das Kind.]

10

Ich lief durch den Wald. Die Kiefern standen im letzten Licht. Immer wieder blieb ich stehen, legte den Kopf in den Nacken und blickte zu den Ästen, die in rostiger Färbung den Himmel zerschnitten. Ich orientierte mich an meinen vor Ewigkeiten gemachten Markierungen. Mit einem Messer in die Rinde geritzte Kreuze. Das Harz hatte mir die Finger verklebt. Noch Tage danach hatte der Geruch an meiner Haut gehaftet.
Ich erreichte die Lichtung. Eine fast kreisrunde Fläche. Am Boden wuchsen von der Sonne ausgeblichene Gräser. Langsam ging ich auf die Mitte zu, wo ich aus Ästen eine Hütte gebaut hatte. Es war mein erstes Versteck im Wald gewesen. Weit genug von Edith entfernt, dass ich mir einreden konnte, es gäbe sie nicht.
In gebückter Haltung trat ich durch die Öffnung. Ich sah, dass die Holzkiste, die ich hier versteckt hatte, verschoben war. Daneben war aus Moos ein Lager gebaut worden. Auch roch es anders. Jemand war hier gewesen.
Ich öffnete die Kiste, nichts fehlte. Von den Zigaretten nahm ich mir eine und zündete sie an. Als ich mich umdrehte, stand vor dem Eingang ein Kind. Wir schauten uns an. Es trug ein T-Shirt, das ihm bis über die Knie reichte. Die Füße steckten in zu großen Turnschuhen, schmutzverkrustet. Doch am auffälligsten waren die Haare. Rot, wie angezündet. Aus der Gegend hatte niemand eine solche Haarfarbe. Ich trat aus der Hütte, das Kind wich zurück.
»Was machst du hier?«, fragte ich, die Hand mit der brennenden Zigarette ließ ich sinken. Ohne etwas zu erwidern,

ging das Kind an mir vorbei, setzte sich auf das Moosbett und schlang die Arme um die Knie.

Ich hockte mich vor die Hütte.

»Du kannst hier nicht bleiben«, sagte ich. Das Kind wandte den Kopf ab und wischte sich verstohlen über die Augen. Ich trat vom Eingang weg, es erhob sich und kam heraus. Unschlüssig schaute es sich um und nestelte am Saum seines T-Shirts. Ich zog an meiner Zigarette. Der Rauch war kaum zu sehen.

Mit gestrafften Schultern ging das Kind zum Rand der Lichtung. Dort drehte es sich um und nickte. Erst als es zwischen den Bäumen verschwand, verstand ich, dass das Nicken nicht mir galt. Das Kind hatte sich von der Lichtung verabschiedet, so, wie auch ich es jedes Mal tat.

»Komm zurück«, sagte ich mit erhobener Stimme.

Nichts regte sich. Ich rief erneut. Die Kiefern knackten im Wind. Unruhig trat ich von einem auf den anderen Fuß. Ich wollte ein drittes Mal rufen, da tauchte das Kind wieder zwischen den Bäumen auf. Wartend schaute es mich an. Ich drückte die Zigarette aus und schob den Stummel in die Tasche meines Regenmantels.

»Willst du mit mir kommen?«, fragte ich. Das Kind warf einen Blick zurück in den Wald. Die Dunkelheit stand bereits hinter den Bäumen. Über uns verlor der Himmel seine Farbe.

»Ich wohne in einem Haus, nicht weit von hier. Dort ist es sicher.«

Das Kind lehnte sich an die Kiefer, neben der es stand. Ich streckte meine Hand aus. Zu meiner Überraschung trat es zwischen den Bäumen hervor.

»Versprochen?«, fragte es.

Ich nickte.

Das Kind griff meine Hand.
»In diese Richtung. Es ist nicht weit von hier.«
Während wir zum Haus liefen, ließ das Kind meine Hand kein einziges Mal los. Hätte sich uns jemand in den Weg gestellt, ich hätte ihn niedergeschlagen, ohne lange darüber nachzudenken.

»Jetzt hast du den Verstand verloren«, sagte Edith. Sie stand im Türrahmen und trug ihren schwarzen Kaninchenfellmantel. Das fettige Haar fiel ihr ins Gesicht. Ihre Augenringe waren dunkelviolett, wie Blutergüsse. Seit Wochen war sie nicht vom Sofa aufgestanden.
»Wo kommt es her?«, fragte sie und musterte das Kind, das ich auf den Küchentisch gesetzt hatte.
»Ich habe es im Wald gefunden.«
»Wie kann das sein?«
Ich zuckte mit den Schultern. Edith stellte sich neben mich.
»Niemand von den anderen hat solche Haare«, sagte sie, »von hier kann es nicht sein.«
»Wie hast du es in diese Gegend geschafft?«, fragte sie das Kind. Da sie keine Antwort erhielt, drehte sie sich wieder zu mir.
»Kann es sprechen?«
Ich nickte.
»Was hast du jetzt vor?«, fragte sie.
»Es muss etwas essen.«
»Und dann?«
»Was meinst du?«
»Wann bringst du es zurück?«
»Zurück wohin?«

»In den Wald.«
Eine Pause entstand.
»Ich habe ihm versprochen, dass es bei uns bleiben kann«, sagte ich.
»Du hast was?«
»Ich habe ihm versprochen –«
»Du hast wirklich den Verstand verloren.«
»Jeder andere hätte dasselbe getan.«
Edith verzog spöttisch den Mund. »Das glaubst du doch nicht wirklich.« Sie drehte sich zum Kind und fragte es nach seinem Namen. Wieder erhielt sie keine Antwort.
»Und du bist dir sicher, dass es sprechen kann?«
»Vorhin im Wald –«
»Meisis«, sagte das Kind und zeigte auf sich.
Edith schüttelte den Kopf. »Klingt ausgedacht.«
»Ich werde Skalde genannt«, sagte ich. Auffordernd schaute ich zu Edith. Sie räusperte sich und nannte ihren eigenen Namen.
»Skalde, Edith«, wiederholte Meisis. Wir nickten. Das Licht über unseren Köpfen flackerte. Ich schaute zum Fenster. Die Dunkelheit hatte den Garten verschluckt. In der Scheibe spiegelte sich die Küche. Edith und ich, Schulter an Schulter, das Kind abgeschirmt durch unsere Körper. Wir standen aufrecht, als fürchteten wir uns nicht.
Inzwischen frage ich mich, ob in diesem Moment bereits alles entschieden war. Hätte ich nicht wissen müssen, welchen Verlauf diese Sache nehmen würde?
Ich schüttelte den Kopf, nahm aus der Speisekammer eine Konserve Kondensmilch, öffnete sie und goss Meisis die Hälfte in ein Glas.
»Das kannst du trinken«, sagte ich und reichte es ihr. Mei-

sis führte es zum Mund und nahm einen Schluck. Sie wollte Edith etwas abgeben, doch die beachtete sie nicht.
»Ich werde sicher nicht noch einmal ein Kind großziehen, allen Widerständen zum Trotz«, sagte sie.
»Sprichst du von mir?«
Edith nickte. Ich lachte. »Willst du wirklich behaupten, du hast mich großgezogen?«
Edith machte einen Schritt zurück. Sie hatte den gewohnten Abstand zwischen uns wiederhergestellt. Ich wartete darauf, dass sie etwas erwiderte, stattdessen drehte sie sich um, ging aus der Küche und ließ die Tür hinter sich zufallen.
Die darauffolgende Stille konnte ich physisch spüren. Sie legte sich auf meine Schultern und den Nacken und verspannte mir die Muskeln. Von dort zog der Schmerz bis in meine Ohren. Ich fuhr zusammen, als eine Fliege durch das gekippte Fenster flog und zu summen begann. Sie stieß mehrmals von Innen gegen das Glas, taumelte und stürzte. Ihr schwarzer Körper zuckte, dann war es still.
»Du wirst dich daran gewöhnen, Meisis«, sagte ich und wusste selbst nicht, wie ich das meinte. Das Kind nickte und trank einen weiteren Schluck Kondensmilch. Ich stand auf und machte das Fenster zu. Draußen war die Dunkelheit inzwischen absolut. Ich lehnte die Stirn gegen das Glas und schloss die Augen.

Während ich abwusch, schlief das Kind auf der Tischplatte ein. Den Kopf schützend in den Armen vergraben.
»Komm, ich bringe dich ins Bett«, sagte ich und trocknete meine Hände am Geschirrtuch ab. Ich weiß noch, dass ich mich wunderte, wie selbstverständlich mir dieser Satz über die Lippen ging. Als wäre es nicht das erste Mal, dass ich so

etwas sagte. Ich hob Meisis vom Tisch und trug sie nach oben auf den Dachboden. Dort zog ich ihr die Turnschuhe aus und legte sie auf die Matratze, wo sie sofort wieder einschlief.
Ich selbst lag noch lange Zeit wach.
Immer wieder drehte ich den Kopf und musterte das Kind, um mich zu vergewissern, dass ich mir nicht alles bloß ausgedacht hatte.

In den frühen Morgenstunden schreckte ich hoch. Mir war, als hätte ich nicht geschlafen. Jeder Muskel meines Körpers schmerzte. Ich streckte mich, doch es half nicht viel, ich fand nicht zurück in den Schlaf, also stand ich auf, setzte mich in das Giebelfenster und starrte hinaus. Draußen hatte sich nichts verändert.

VIELLEICHT HABE ICH SCHON VOR LANGER ZEIT
DAS GLEICHGEWICHT VERLOREN.

11

In der ersten Etage neben dem Treppenabsatz richtete ich dem Kind ein Zimmer ein. Edith hatte dort immerzu Dinge abgelegt. Vorwiegend benutztes Geschirr. Körbeweise brachte ich die mit Goldrand verzierten Teller und Tassen zurück in die Küche. Ein schmales Schlafsofa mit blauem Überzug war das einzige Möbelstück, das im Zimmer stand. Aus dem Flur holte ich eine Kommode. Ans Fenster schob ich einen drehbaren Bürostuhl, der zuvor unbenutzt im Keller gestanden hatte.

»So«, sagte ich zu dem Kind. »Hier kannst du bleiben.«
Es ging zum Fenster und blickte hinaus. Ich stellte mich dahinter. Zu sehen waren der Garten und der Wald. Ich konnte nichts Auffälliges entdecken, doch Meisis löste nicht ihren Blick. Erst als ich sie vorsichtig an der Schulter berührte, drehte sie sich wieder zu mir um.
»Das ist ein gutes Zimmer«, sagte sie.

Ich zeigte Meisis auch den Rest des Hauses. Wir gingen alle Räume ab. Manchmal berührte sie die Wände, als wollte sie fühlen, was unter der Tapete lag.
»Wohnst du hier schon immer?«, fragte sie mich und schob ihre Hand in meine.
»Schon immer«, antwortete ich.
»Das gefällt mir, nie den Ort gewechselt zu haben«, sagte sie.
Darauf wusste ich nichts zu erwidern.

Am Abend fragte ich das Kind, ob es ein Bad nehmen wolle. Ich zeigte ihm das Badezimmer, und es war einverstanden.

Ich erhitzte Wasser und füllte die Wanne, bis zum Rand. Es war so heiß, dass das Fenster beschlug. Ich half Meisis aus den Kleidern, und sie stieg hinein. Vom Fensterbrett reichte ich ihr den Tiegel mit Seife, die ich aus Asche und dem Fett des Kaninchenfleisches herstellte. Mit ihr wusch sich Meisis die Arme und Beine und löste die Schmutzschicht von ihrer Haut.
»Die Haare auch?«, fragte ich. Meisis nickte. Ich nahm den Porzellanbecher vom Waschbecken, füllte ihn, wies sie an, den Kopf zurückzulehnen und goss ihn über ihr aus. Dann nahm ich etwas von der Seife und rieb ihre Haare damit ein. Ich sagte ihr, dass sie die Augen geschlossen halten solle, während ich den Becher erneut füllte und ihr die Seife wieder ausspülte. Überrascht hielt ich in der Bewegung inne. Ich erinnerte mich, dass mir Edith früher die Haare genauso gewaschen hatte. Intuitiv hatte ich ihre Handgriffe übernommen. Es schmerzte mich, dass ich die friedlichen Momente, die wir auch miteinander gehabt hatten, fast vergessen hätte.
Fragend schaute mich Meisis an.
»Mach die Augen wieder zu, ich bin noch nicht ganz fertig«, sagte ich schnell und spülte ihr die restliche Seife aus den Haaren.
Nach dem Bad wickelte ich Meisis in ein Handtuch und trug sie in ihr Zimmer. Ich kippte ein Fenster an. Von draußen waren Insekten zu hören. Ein Falter schlug gegen das Glas.
»Schlaf jetzt«, sagte ich zu Meisis und deckte sie zu. Als ich den Raum verlassen wollte, streckte sie die Hand nach mir aus.
»Bleibst du?«, fragte sie.
Ohne zu zögern kam ich ihrer Bitte nach.

Ich weiß noch, dass ich in diesen Moment dachte: nun also ein Kind. Ich stellte meine Entscheidung nicht in Frage. Auch dachte ich nicht an die Konsequenzen, die mein Handeln nach sich ziehen würde. Alles, worauf ich mich konzentrierte, war die Situation, in der ich mich in diesem Moment befand. Neben dem Kind zu wachen und seine Hand zu halten, als hätte ich nie etwas anderes getan.

12

DAS INNERE IST AUFGEWÜHLT. ALS HÄTTE SICH EINE
HAND IN MICH GEGRABEN UND MEINEN BLICK
VERSCHOBEN. ICH STEHE STILL, UND ES FÜHLT SICH
VERLERNT AN, NACH ALL DEN JAHREN.

Wie eine Wahnsinnige lief ich am nächsten Tag durch das Haus und schaffte Ordnung. An manchen Stellen lag der Staub so dick, dass ich mit der Hand hineingreifen konnte. Ich ging in die Räume, die ich lange nicht mehr betreten hatte und versuchte, sie wieder zugänglich zu machen. Meisis folgte mir und schaute dabei zu, wie ich Kleidung einsammelte und wusch, Ediths Bücher stapelte, die Fenster putzte, die Böden wischte und die Leinentücher von den Möbeln nahm. Plötzlich gewann das Haus wieder an Kontur. Auch meine Bewegungen waren präziser.

Edith ließ meinen Versuch unkommentiert.

13

⟦Unsere Tage bekamen eine klare Struktur.⟧ Morgens weckte ich Meisis und wir aßen zusammen eine dünne Suppe.
Am Vormittag war die Hitze draußen noch auszuhalten, und wir verbrachten die Zeit im Garten. Meisis spielte im hohen Gras, während ich das Kartoffelfeld wässerte, Unkraut jätete oder den Boden düngte. Ich hielt dabei oft inne, um mich zu vergewissern, dass Meisis noch da war. Sah ich sie einmal nicht, rief ich sofort ihren Namen. Schon damals lebte ich in der ständigen Angst, ihr könnte etwas zustoßen.
Immer wieder unterbrach Meisis ihr Spiel, kam zu mir gerannt und verlangte, dass ich die Hand ausstreckte und die Augen schloss. Wenn ich sie wieder öffnete, hatte sie mir etwas hineingelegt. Einen Stein, den sie gefunden hatte, oder einen kleinen Strauß aus blühenden Gräsern. All diese Dinge nahm ich mit auf den Dachboden und bewahrte sie dort in einem Pappkarton auf, den ich unter dem Sofa gefunden hatte. Nichts davon durfte verloren gehen.

Damit Meisis keinen Sonnenbrand bekam, errichtete ich aus Stangen und Laken aufwändige Konstrukte, die die Schattenflächen im Garten vergrößerten. Trotzdem war ihre Haut in den ersten Wochen oft gerötet. Nachts klagte sie über Schmerzen, ich konnte nichts weiter tun, als ihr kalte Umschläge zu machen und an ihrem Bett zu sitzen.
Nach einer Weile begann sich Meisis Haut an die Sonne zu gewöhnen, und eine große Last fiel von mir ab.

Beim Aufräumen hatte ich eine Kiste mit den Bauklötzen wiedergefunden, mit denen ich früher gespielt hatte. Rechteckige Quader aus Holz, farbig lackiert. Ich erinnerte mich noch gut daran, wie ich Mauern gebaut hatte, in der Hoffnung, dass Edith sie nicht übersteigen könnte. Aber ihr war es gelungen, sie mit einem einzigen Fußtritt zum Einsturz zu bringen.
Ich trug Meisis die Bauklötze in den Garten, und sie beschäftige sich eine Zeit lang mit nichts anderem mehr. Statt sie zum Bauen zu benutzen, wie ich es ihr gezeigt hatte, verbrachte sie Stunden damit, sie zu sortieren. Ich kam nie hinter ihr Ordnungssystem.

Gegen die Sonne band ich ihr große Stofftücher auf den Kopf. Selbst die dunkelblauen verdeckten die Farbe ihrer Haare nicht. Das Rot schimmerte immer hindurch.

Wenn ich Wäsche wusch, wollte Meisis dabei sein. Sobald ich die silberne Blechwanne auf einen Tisch im Garten stellte und mit kochendem Wasser füllte, kam sie angestürzt wie ein junger Hund, überschlug sich fast und hängte sich an mein Bein. Damit auch sie ihre Arme in das Wasser tauchen konnte, stellte ich einen Schemel neben mich. Sie versuchte, meine Bewegungen nachzuahmen und half mir, alles auszuwringen und über die Leinen zu hängen, die ich zwischen den Pflaumen und dem Kirschbaum gespannt hatte.
Ich mochte nichts lieber als den Geruch der Seifenlauge, der nach dem Waschen in der Luft hing. Meisis ging es da nicht anders. Manchmal legte sie sich zwischen die Leinen und blieb dort, bis alles getrocknet war.
Kurz bevor die Sonne am höchsten Punkt stand, gingen wir

wieder ins Haus. Ich legte mich oft noch einmal hin, und auch Meisis döste. Meist nahm sie sich ihre Decke und machte es sich zwischen den Doggen bequem, die im Flur auf den kalten Steinfliesen lagen. Wenn sie dort schlief, sorgte ich mich nicht, denn die Hunde bewachten Meisis, als wäre sie ihr Junges.

Den Nachmittag verbachten wir im Haus. Ich versuchte, Ordnung in den Räumen zu halten, wischte die Dielen, stapelte die Bücher und legte Kleider zusammen. Meisis half mir oder setzte ihr Spiel, das sie mit den Bauklötzen im Garten begonnen hatte, drinnen fort.
Manchmal stellte ich Edith ein Glas Wasser neben das Sofa. Sie bedankte sich nicht, doch wenn ich nach ein paar Stunden wieder in das Wohnzimmer kam, sah ich, dass sie davon getrunken hatte. Erst nachts hörte ich sie manchmal durch das Haus laufen, rastlos, wie in den Jahren zuvor.

Am Abend kochte ich etwas aus den Vorräten, die wir noch besaßen und aß mit Meisis in der Küche. Meist schwiegen wir, doch ich mochte diese stille Stunde. Auch den Doggen schien es zu gefallen, denn sie kamen immer zu uns und schliefen friedlich unter dem Tisch, während wir aßen.

Wenn es zu dämmern begann, gingen wir noch einmal in den Garten und ich wässerte das Kartoffelfeld und die Brombeerhecke, auch wenn ich mich nicht erinnern konnte, wann sie das letzte Mal Früchte getragen hatte. Der Geruch der nassen Erde erinnerte mich an die Zeit des Nebels. Manchmal stand ich im Garten, bis es dunkel war. Meisis wich währenddessen nicht von meiner Seite.

Die Kaninchen versorgten wir gemeinsam. Meisis gab jedem Tier einen Namen, die ich mir aber nie merken konnte.
Als ich das erste Mal nach ihrer Ankunft eines der Kaninchen schlachtete, stand Meisis dabei. Ich zeigte ihr die einzelnen Schritte. Sie wich nicht zurück und beobachtete konzentriert jeden meiner Handgriffe. Sie hatte verstanden, dass wir auf das Fleisch der Tiere angewiesen waren.
Nachdem sie ein paar Mal zugeschaut hatte, wusste sie bereits, wie es ging und bat mich, es selbst versuchen zu dürfen.

Jeden Abend saß ich neben Meisis' Bett, bis sie eingeschlafen war, und sah dabei aus dem Fenster zu den Wipfeln der Kiefern, die ich trotz der Dunkelheit erkennen konnte.

MIT DEM KIND IM HAUS SIND DIE NÄCHTE HELLER GEWORDEN. DIE DUNKELHEIT IST JETZT WEICH WIE EIN MANTEL AUS PELZ. ICH LEGE SIE MIR UM DIE SCHULTERN.

14

GEDUCKT IN DER OFFENEN LANDSCHAFT STEHEND,
WÄRST DU TROTZDEM NICHT UNSICHTBAR, DENN
SIE HABEN HIER GELERNT, ABWEICHUNGEN AUCH
MIT GESCHLOSSENEN AUGEN ZU BEMERKEN.

Ich verbot Meisis, die Vordertür zu benutzen und erlaubte ihr nur, hinter dem Haus zu spielen, denn von der Straße konnte man nicht in den Garten blicken.
Als sie mich fragte, warum, sagte ich: »Dort ist es sicherer.«

15

ICH SCHLAFE, ALS HÄTTE MICH JEMAND BEWUSSTLOS GESCHLAGEN, DIE DUNKELHEIT ZIEHT KREISE, DAZWISCHEN SINKE ICH HINAB.

Ich erinnere mich an keinen Traum aus diesen ersten Wochen. Es war, als versuchte mein Körper, sich ganz darauf zu konzentrieren, alle Kraftreserven aufzufüllen, um sich zu wappnen für das, was noch kommen sollte.
Jeden Morgen wurde ich wach, noch bevor die Sonne im Zimmer stand. In den nächsten Stunden bewegte ich mich ziellos durch das Haus. Manchmal öffnete ich dabei die Zimmertür von Meisis. Sie schlief immer friedlich, der Körper entspannt. Nur einmal lag sie seltsam zusammengekrümmt da, und in ihrem Haar entdeckte ich vertrocknete Kiefernnadeln, als wäre sie gerade noch durch den Wald gerannt.
Als ich kurze Zeit später erneut in das Zimmer blickte, lag sie wie sonst und die Kiefernnadeln waren verschwunden. Also glaubte ich, mir das Ganze nur eingebildet zu haben.

16

In diesen ersten Wochen bekam ich Edith kaum zu Gesicht. Dass Meisis bei uns im Haus lebte, schien sie nicht einmal zu bemerken. Wie zuvor schlief sie die meiste Zeit auf dem Sofa. Oder sie zog sich ins Badezimmer zurück, wo sie Stunden damit zubrachte, in der Wanne zu liegen.

Einmal, als ich mit Meisis im Garten saß, hatte ich jedoch das starke Gefühl, dass sie uns durch eines der Fenster beobachtete. Ich blickte zum Haus, doch alle Vorhänge waren geschlossen und nichts bestätigte meinen Verdacht.

»Ist Edith je eine andere gewesen?«, fragte mich Meisis einmal beim Abendbrot, während sie mit der Gabel eine Kartoffel zerdrückte. Ich sagte ihr, dass sich Edith seit Langem so verhalte.
Daraufhin wollte Meisis von mir wissen, warum Edith nie mit uns esse. Ich erklärte ihr, dass Edith es vorziehe, auf Nahrung zu verzichten.
»Aber wie kann sie so überleben?«
Ich sagte: »Nicht alles lässt sich logisch erklären.« Ich wollte nicht weiter über Edith sprechen.

17

ICH HABE DEN GERUCH VON SCHIESSPULVER
GETRÄUMT. ZERLÖCHERT HAT MAN DAS LAND
ZURÜCKGELASSEN. IN DEN LEERSTELLEN
WURDE ICH ZU FALL GEBRACHT.

Die Hunde rissen mich aus dem Schlaf. Ihr Bellen klang heiser. Benommen schälte ich mich aus dem verschwitzten Laken, das ich als Decke benutzte, und stieg nach unten.
Die Doggen standen kläffend im Flur. Ich versuchte, sie zu beruhigen, als ich bemerkte, dass die Haustür nur angelehnt war. Langsam ging ich zu ihr und legte eine Hand auf die Klinke. Durch den schmalen Spalt konnte ich ein Stück des Wegs sehen. Grell reflektierte er das Sonnenlicht. Ich schob die Tür auf und trat hinaus.
Mitten auf dem Sandweg, der zur Straße führte, stand Meisis. Das Sonnenlicht entflammte ihre Haare, sie hatte sich vom Haus abgewandt, sodass ich ihr Gesicht nicht erkennen konnte.
Ich packte sie und zerrte sie zurück ins Haus.
»Was wolltest du im Vorgarten?«, rief ich.
Meisis sagte nichts. Ängstlich schaute sie mich an. Erst jetzt bemerkte ich, dass sie eine Konserve an die Brust gedrückt hielt. Ich nahm sie ihr aus den Händen.
»Hast du vergessen, dass du nicht im Vorgarten spielen darfst?«, fragte ich. »Jemand könnte dich sehen. Nur das Haus und der Garten sind sicher, hast du verstanden?«
Meisis schien mich nicht gehört zu haben, ihr Blick war auf die Konserve fixiert.

»Die Dosen sind nicht zum Spielen da«, erklärte ich ihr. Meisis nickte.

»Besser, wir bleiben heute im Haus«, sagte ich und schob sie in die Küche. Ich schloss die Vorhänge, stellte die Konserve zurück in die Speisekammer und nahm ein Glas eingeweckter Mirabellen aus dem Regal. Als ich es öffnete, knackte es laut. Ich stellte das Glas vor Meisis auf den Tisch. Mit beiden Händen griff sie danach.

»Den Saft kannst du trinken«, erklärte ich ihr und reichte ihr eine Gabel für die Früchte. Meisis setzte das Glas an den Mund und nahm einen Schluck.

»Süß«, stellte sie fest.

Ich überließ ihr das ganze Glas und aß selbst nur ein Stück Zwieback.

18

Während eines Vormittags, den das Kind und ich im Garten verbrachten, kam es zu einem [Zwischenfall.] Meisis hockte im hohen Gras und sortierte Bauklötze, und ich saß im Pflaumenbaum, wo ich trockene Blätter von den Zweigen löste, als ich im Wald eine Bewegung wahrnahm. Sofort kletterte ich hinunter und postierte mich breitbeinig im Gras. Meisis bemerkte die veränderte Stimmung. Aus dem Augenwinkel sah ich, wie sie die Hand mit dem Stein langsam sinken ließ und den Blick ebenfalls zwischen die Bäume richtete.
Ich wollte etwas rufen, doch ich konnte die Zunge nicht vom Gaumen lösen. Etwas steckte mir im Hals, lähmte mich. Dann sah ich, dass es Kurt war, der dort im Wald stand. Wir blickten uns an. Er legte seinen Zeigefinger an den Mund und war im nächsten Moment verschwunden. Ich schluckte.
Meisis trat neben mich und schob ihre Hand in meine.
»War jemand im Wald?«, fragte sie.
»Geh bitte rein«, sagte ich. Meisis nickte und lief nach drinnen.
Ich blieb im Garten und wartete, doch Kurt ließ sich kein zweites Mal blicken.

DER WALD IST EIN ANDERER. VIELLEICHT WURDEN ÜBER NACHT DIE BÄUME AUSGETAUSCHT, UND NUN STEHEN DORT STATTDESSEN ATTRAPPEN, DEREN EINZIGE FUNKTION ES IST, VERSTECKE ZU SEIN, UM DAS AUFLAUERN ZU OPTIMIEREN.

19

Die Bücher im Haus hatten früher Kurt gehört. Er lebte im ersten Stock des Plattenbaus, nahe am Fluss. Die anderen Wohnungen waren leer. Auf den Teppichen und an den Wänden konnte man noch sehen, wo früher die Möbel gestanden hatten. Hellere Stellen, die die Abwesenheit der Dinge umso deutlicher betonten. Schon damals hatte Kurt kaum etwas besessen. Eine dünne Schaumstoffmatratze, eine Decke, einen klappbaren Hocker und eine Leselampe. Und die Bücher. Sie stapelten sich in jedem der vier Zimmer und bildeten fragile Türme, zwischen denen nur schmale Wege blieben, um von einem Raum in den anderen zu kommen.
Seine Tage verbrachte Kurt lesend auf der Matratze, oder er ging für Stunden im Wald umher, ohne dabei ein konkretes Ziel zu haben.
In einer Nacht gab es in einem der oberen Stockwerke einen Kurzschluss, und ein Feuer brach aus. Kurt brachte seine Bücher in Sicherheit und sah vom Ufer des Flusses dabei zu, wie das Feuer in den Fenstern loderte und die Innenräume ausbrannte.
Niemand bekam etwas von dem Brand mit, und am Morgen war es zu spät. Nur eine verrußte Ruine blieb zurück.
Kurt weigerte sich, in ein anderes Haus zu ziehen und beschloss, im Wald zu leben.
Vorher aber suchte er Edith auf. Er stellte sich in den Garten, bis sie ihn bemerkte.
»So furchtlos wie deine Mutter war mir bis dahin keiner begegnet«, hatte mir Kurt erzählt, »und dann war sie auch noch hochschwanger.« Die Bewunderung, die er ihr entge-

genbrachte, war echt. Es kam mir vor, als spräche er über eine andere.

Kurt schenkte Edith all seine Bücher im Tausch gegen einen Mantel aus Kaninchenfell und das Versprechen, dass er jederzeit vorbeikommen durfte, um in ihnen zu lesen.

»Von Nuuel wusste ich, wie gerne sie las. Jemand anderem hätte ich meine Bücher nicht geben wollen.«

Als ich selbst Kurt das erste Mal gesehen hatte, war der Nebel noch so dicht gewesen, dass er die Sichtweite auf wenige Meter begrenzte. Edith ließ ihn ins Haus und wollte ihn direkt zu den Büchern führen, doch er blieb stehen, hockte sich vor mich und reichte mir die Hand. Sein Blick war unverstellt.

»Ich hoffe, dir machen sie es leichter«, sagte er, so leise, dass nur ich es hörte. Damals wusste ich nicht, was er damit meinte. Aber ich verstand, dass es etwas Bedeutsames war, etwas von Gewicht.

Jahre später fand ich den Plattenbau. Mit seiner grauen Farbe und in seiner Schmucklosigkeit wirkte er in der Gegend so unwirklich wie der Pool in unserem Garten. Alle Fensterscheiben waren kaputt. Ich fand eine fleckige Matratze, die jemand in den Fahrstuhlschacht geworfen hatte. Im unteren Stockwerk wuchsen Birken, und ich stellte mir vor, wie sie bald das Gebäude zum Einsturz bringen würden.

20

»Wo kommst du her?«, fragte ich Meisis am Abend.
Wir aßen die vom Vortag übrig gebliebenen Reste eines Kaninchens. Meisis hatte sich längst bei mir abgeschaut, wie sie die Knochen abnagen musste, damit sie glänzten wie poliert.
Sie wischte sich über den Mund, legte den Knochen, den sie gerade in der Hand hielt, vor sich auf den Teller und blickte mich an, als habe sie meine Frage nicht verstanden.
Ich beugte mich über den Tisch. »Du kannst es mir verraten«, sagte ich und gab ihr das letzte Stück Kaninchen. Meisis schaute auf das Fleisch, zögerte und schüttelte den Kopf.
Ich seufzte.
»Wirst du vermisst?«, fragte ich. »Kannst du mir das sagen?«
Meisis schien zu überlegen, sie pulte ein Stück Knorpel aus dem Knochen, dann sagte sie: »Nein, das nicht.« Sie steckte den Knorpel in den Mund und kaute.
Ich lehnte mich zurück und überlegte, das Geschirr in einer abrupten Bewegung vom Tisch zu stoßen, doch die Tür ging auf, und Edith kam herein. Stolpernd ging sie zum Spülbecken, nahm den Krug und goss Wasser über ihre Handgelenke.
Meisis ließ von ihrem Knochen ab und schaute zu ihr. »Gestern stand jemand im Wald«, sagte sie. Edith drehte sich zu uns um.
»Wer?«, fragte sie mich.
»Kurt«, antwortete ich knapp.
»Und er wollte nicht ins Haus kommen?«

Ich verneinte.
»Ungewöhnlich«, sagte Edith und schüttelte sich das Wasser von den Händen.
»Es leben noch andere hier?«, wollte Meisis wissen.
Ich biss mir auf die Lippen. Edith lachte schrill.
»Besser, du lernst sie nicht kennen«, sagte sie. Meisis runzelte die Stirn. Doch auch ich verriet ihr nicht mehr.
Ich erhob mich, nahm Meisis den Knochen vom Teller und räumte das Geschirr in die Spüle. Im Stehen nagte ich das verbliebene Fleisch ab und legte ihn wie einen Glücksbringer auf das Fensterbrett.

UNSER SCHWEIGEN HAT EIN DOPPELTES GEWICHT.

21

Ich fuhr hoch. Nur langsam fand ich aus dem Traum zurück in die Wirklichkeit. Ich versuchte, mich auf den Raum um mich herum zu konzentrieren. Sonnenlicht lag in einem hellen Quadrat auf den Dielen. Die Luft roch nach trockenem Holz. Ich wusste, ich würde das Grundstück an diesem Tag verlassen müssen. Ich hatte es schon zu lange aufgeschoben. Mit klopfendem Herzen zog ich mich an.

Zu Meisis sagte ich, dass sie heute auf dem Dachboden bleiben müsse. Ich setzte sie auf meine Matratze und stellte ihr drei Packungen Kondensmilch daneben.
»Beweg dich auf keinen Fall von der Stelle, hörst du?«, sagte ich. Meisis schlang die Arme um die Knie. »Aber wohin gehst du?«
Ich legte ihr die Hand auf den Kopf.
»Es wird nicht lange dauern.«
Meisis fragte, ob sie mitkommen dürfe.
Ich verneinte. »Du bleibst hier. Wenn ich unten bin, schließt du die Luke, verstanden?«
Meisis nickte. Ich strich ihr durchs Haar und kletterte nach unten.

Der Pick-up sprang erst beim dritten Versuch an. Es war so heiß, dass ich mir immer wieder über die Stirn wischen musste, damit mir der Schweiß nicht in die Augen lief. Mit gedrosseltem Tempo fuhr ich die Landstraße entlang. Geradlinig zerschnitt sie die verwilderten Felder. Links und rechts standen Kastanienbäume, die Blätter braun und trocken. In der

Hand würden sie sofort zu Staub zerfallen. Das Sonnenlicht warf ihre Schatten als Muster auf den Asphalt.

Das Haus von Gösta und Len lag erhöht auf einem Hügel. Die Straße führte direkt darauf zu. Ich parkte den Pick-up in der Einfahrt. Im trockenen Boden des Vorgartens scharrten Göstas Lachshühner. Keines von ihnen besaß mehr die namensgebende Gefiederfarbe. Stattdessen waren sie so weiß wie das getünchte Haus.
Unter dem blühenden Holunderstrauch beim Zaun saß Len auf einem Plastikstuhl. Sie trug ihre Sonnenbrille und hatte die Arme über dem ausgeblichenen Nachthemd verschränkt. Ich ging zu ihr und hockte mich neben sie.
»Bist du es, Skalde?«, fragte sie. Ich hielt ihr mein Gesicht hin, damit sie es mit den Händen ertasten konnte.
An die Geschichte, wie Len erblindet war, erinnere ich mich noch heute. Es war lange vor meiner Geburt passiert, doch sie hat es mir so oft erzählt, dass es mir vorkommt, als wäre ich dabei gewesen. Es war der erste wolkenlose Tag seit Jahren, die Temperaturen lagen unter dem Gefrierpunkt. In Gummistiefeln stieg Len einen Hügel hinauf. Unter ihren Sohlen knackte der gefrorene Boden. Sie stand ganz oben, und mit einem Mal verdunkelte sich der Himmel, dabei war es zwölf Uhr mittags. Der gesamte Horizont färbte sich rot wie bei einem Sonnenuntergang. Davon überrascht hob Len den Kopf und starrte zu der Sonne, die von einem schwarzen Mond verdeckt wurde. Sie war so fasziniert, dass sie für Minuten ihren Blick nicht abwandte. Der Himmel gewann seine Farbe zurück, und sie blinzelte. Vor ihr Sichtfeld schob sich ein weißer Fleck, er verglühte, und zurück blieb Dunkelheit. Als man sie fand, war sie auf beiden Augen blind.

»Geht es dir gut? Ist es mit Edith erträglich?«, fragte Len.
»Sie schläft viel«, antwortete ich.
Len legte mir eine Hand auf die Schulter. »Du hast das schwerste Herz. Man hat es dir nie leicht gemacht.«
»Kommst du mich bald mal wieder besuchen?«
»Würde ich ja gerne, aber in der Hitze verliere ich die Orientierung.«
Ich schwieg.
»Vielleicht müssen wir uns damit abfinden, wir haben es nicht mehr in der Hand«, fügte sie hinzu.
»Lass uns reingehen«, sagte ich, half ihr auf und führte sie nach drinnen. Die Fensterläden waren geschlossen. Es war angenehm kühl. Durch die geöffnete Wohnzimmertür konnte ich Gösta sehen. Sie saß verloren auf dem Sofa. Es schien, als wäre ihre faltige Haut mit einer Staubschicht bedeckt. Nur das Flackern des Fernsehers erhellte den Raum.
»Geh ruhig rein«, sagte Len. Vielleicht hatte sie mein Zögern gespürt. Sie drückte meine Hand und lief langsam, sich an der Wand entlangtastend, Richtung Küche. Ich holte Luft und trat ins Wohnzimmer. Gösta bewegte sich nicht. Ich setzte mich neben sie auf das zerschlissene Ledersofa. Der gräuliche Teppich war so dick, dass meine Schuhe darin versanken.
Der Fernseher zeigte eine verwackelte Aufnahme vom Fluss. Die starke Strömung löste immer wieder Steine vom Ufer und zog sie in die Tiefe. Der Himmel war wolkenverhangen. Es nieselte.
»Musste die Kamera mit einer Folie abdecken, sonst hätte der Regen die Elektronik ruiniert«, sagte Gösta, ohne den Blick vom Fernseher zu lösen.
Das Bild der Kamera stabilisierte sich. Vom Anblick des dunk-

len Wassers wurde ich müde. Ich stützte meinen Arm auf die Sofalehne.
»Kann sich ja keiner mehr vorstellen, dass das Wetter früher immer so gewesen ist«, sagte Gösta. Die Aufnahme zeigte jetzt eine Straße, halb versunken im Nebel. Der Asphalt war an vielen Stellen aufgebrochen. Darunter lag das alte Kopfsteinpflaster. In den Schlaglöchern sammelte sich der Regen.
»Aber es wird doch irgendwann wieder so«, sagte ich mit Nachdruck und deutete auf den Fernseher. Gösta nahm ihre Brille ab und putzte sie mit dem Saum ihres Unterhemdes.
»Das muss es. Alles andere ist ja kein Zustand. Temperaturen über zwanzig Grad habe ich als Kind nicht gekannt. Ich schlief unter dem Dachfenster, und jede Nacht konnte ich den Regen hören. Jetzt liege ich im Bett und kann mich kaum bewegen, so heiß ist es. Da wird man doch verrückt.« Sie setzte sich ihre Brille wieder auf und schaute mich an. »Aber zu Len sage ich immer, Geduld muss man haben. Der Sommer kann ja nicht ewig gehen.«
Ich nickte. Auch ich redete mir noch ein, dass es nur eine Frage der Zeit sei, bis der Nebel zurückkehren würde.
Im Video war jetzt Göstas und Lens Haus zu sehen. Flankiert wurde es von kahlen Birken. Es dauerte einen Moment, bis ich erkannte, dass es nicht Staub, sondern Raureif war, der die Äste bedeckte. Len trat aus der Tür. In ihren Gummistiefeln trug sie dicke Socken, die sie bis unter das Knie gezogen hatte. Schal und Mütze verdeckten ihr Gesicht. Sie streckte die Hand in die Luft. Aus dem Himmel fiel feiner Schnee. Vom Videorekorder erklang ein metallisches Klacken und schwarzweißes Flimmern ersetzte das Bild.
Gösta rieb sich über die Augen.

»Dann wollen wir mal«, sagte sie und erhob sich vom Sofa. Ohne den Fernseher auszuschalten, ging sie hinaus. Ich folgte ihr in den Garten.

Wir liefen an der Mauer aus Feldsteinen entlang bis zum Ende des Grundstücks, wo sich in einer schattigen Senke der Gemüsegarten befand. Durch einen Steckzaun waren die Beete vor den Hühnern geschützt.

»Muss alles gewässert werden«, sagte Gösta. Sie setzte sich auf die Bank unter den blühenden Apfelbaum, und ich ging zur Scheune und holte die Gießkanne. An der Pumpe beim Haus füllte ich sie auf und trug sie, darauf bedacht, nichts zu verschütten, zum Gemüsegarten.

Bis ich alle Beete ausreichend gewässert hatte, war ich ein Dutzend Mal zur Pumpe gelaufen. Schweißgetränkt klebte mein T-Shirt an meinem Rücken. Ich brachte die Gießkanne zurück in die Scheune und setzte mich zu Gösta auf die Bank. Ein Windzug stob durch die Äste. Weiße Blütenblätter fielen herab. Gösta streckte die Hand aus und fing sie auf. Ich musste an die Aufnahmen denken. Dass es in der Gegend früher geschneit hatte, war in der brütenden Mittagshitze kaum vorstellbar.

»Ich muss dir etwas erzählen, Gösta.«

»Hast du was ausgefressen?«

Unruhig schaute ich mich um.

Gösta ließ die Blütenblätter wieder fallen. »Jetzt spuck schon aus.«

»Im Wald –« Ich traute mich nicht, den Blick vom Boden zu heben.

»Ich habe ein Kind gefunden.«

»Ein Kind? Wovon sprichst du?«

»Es ist nicht von hier. Hat ganz rote Haare.«

»Wie hat es ein Kind in unsere Gegend geschafft?«
Ich zuckte mit den Schultern.
»Und nun?«
»Ich habe es mit zu uns genommen.«
»Du weißt, was die anderen davon halten werden.«
»Es ist nur ein Kind.«
»Eins, dem es gelungen ist, unsere Grenze zu überqueren. Das werden sie nicht so einfach hinnehmen. Vielleicht werden sie behaupten, dass es ein Wechselbalg ist.«
»Ein was?«
»Du kennst die Geschichten.«
»Du meinst die Märchen.«
Gösta sah mich scharf an.
»Meisis ist kein Wechselbalg«, sagte ich.
»Einen Namen hat es auch schon? Hör zu, Mädchen, du musst dieses Kind wieder loswerden. Man wird dich sonst zur Rechenschaft ziehen.« Gösta wollte weitersprechen, doch Len öffnete im Haus die Fensterläden, beugte sich über den Sims und rief nach uns.
»Wir kommen sofort«, antwortete Gösta, und zu mir sagte sie: »Lass das Kind noch heute Nacht verschwinden. Mach es wie meine Mutter. Die hat streunende Katzen in der Regentonne ertränkt. Du brauchst nur einen Sack, Steine und Wasser, das tief genug ist. Glaube mir, du tust dem Kind damit einen Gefallen.« Sie erhob sich von der Bank. Mit gesenktem Blick folgte ich ihr ins Haus. Len stand im Flur, dort wo Göstas Schmetterlingssammlung in quadratischen Glaskästen angebracht war. Die schillernden Farben waren längst verblasst.
»Hier«, sagte Len und reichte mir einen Leinenbeutel, in dem sich Zwiebeln und Eier befanden. »Einen Teller Suppe kann ich dir auch anbieten, ich habe gestern zu viel gekocht.«

Ich spürte Göstas Hand in meinem Rücken. »Ich muss heute noch Jauche ansetzen«, sagte ich schnell. In Lens Sonnenbrille spiegelte sich mein Gesicht. Zum ersten Mal war ich froh, dass sie mich nicht sehen konnte. Sie lachte. »Wie tüchtig du doch immer bist.«

Gösta schob mich über die Schwelle. Ich presste den Beutel an meine Brust.

»Komm bald wieder, du weißt ja, ein bisschen Hilfe kann ich immer gebrauchen«, sagte sie. Ich nickte und trat blinzelnd in das gleißende Sonnenlicht. Hinter mir fiel die Tür ins Schloss.

DIE MENSCHEN KÖNNTEN JEDER EINE MASKE TRAGEN.
ABER ES WÄRE IMMER NOCH DAS GLEICHE GESICHT,
UM ZU VERBERGEN, DASS DIE KARTEN JETZT ANDERS
LIEGEN.

22

Gösta hatte mir die Geschichte der Gegend erzählt. Bevor die Brücke gesprengt worden war, hatte sie als Jägerin gearbeitet. Niemand kannte sich hier so gut aus wie sie. Vielleicht war Gösta deshalb auch eine der ersten gewesen, der die Veränderungen aufgefallen waren.
»In meiner Kindheit gab es ein paar sonnige Tage, aber kalt ist es hier immer gewesen. Die meiste Zeit war es nebelig. Kein Haus besaß Gardinen, und die Autos fuhren auch am Tag mit eingeschalteten Scheinwerfern. Wir hatten uns eingerichtet in diesem Leben, hatten Häuser und Höfe. Schon damals versorgten wir uns selbst.
Und dann die Tiere. Vögel, manchmal Rehe und Wildschweine. Sie waren krank, verirrten sich hierher. Wir wussten, dass sie vom Meer kamen und entschlossen uns, die Betonbrücke zu sprengen. Den einzigen Zugang zu kappen, uns ganz abzuschirmen vor dem, was noch kommen mochte.
Nach der Sprengung der Brücke hatten wir gute Jahre. Alles, was wir brauchten, hatten wir ja hier, und niemand störte uns mehr. Wir konnten so leben, wie wir es immer gewollt hatten. Nur dann begann sich das Wetter zu verschieben. Warst du zu diesem Zeitpunkt schon geboren?«
Ich nickte.
»Dann erinnerst du dich sicherlich.«
»Kannst du es mir trotzdem erzählen? Wie war es für euch?«
Gösta seufzte. »Schlimm war es, fürchterlich. Erst gab es ein paar Tage mit einem wolkenlosen Himmel. Dann Wochen, Monate. Der Nebel verlor an Dichte. Er franste aus und hing

nur noch am frühen Morgen und Abend in den Wiesen. Gespenstisch waren auch die Büsche und Bäume. Obwohl es nicht regnete, blühten sie oft, aber Früchte trugen sie ja nicht mehr. Die ganze Landschaft begann, in der Hitze zu flimmern. Es gab immer mehr Insekten. Unsere eigenen Tiere starben. Wir fanden nicht heraus, warum. Die toten Kühe, Schweine und Pferde verbrannten wir auf offenem Feld. Zum Glück haben unsere Hühner überlebt. Es ist doch verrückt, die Landschaft, die wir gerettet haben, verrät uns. Aber damals wollten wir das natürlich nicht wahrhaben. Trotzdem mussten wir uns anpassen. Wir legten Vorräte an, pumpten den Tankstellen das Benzin ab, statteten uns mit Fliegenklatschen aus, hängten gelb schimmernde Klebestreifen an unsere Lampen, auf denen die Insekten nach und nach verendeten, in ihrem Sterben vollkommen ausgestellt. Aus dem ständig blühenden Holunder kochten wir Sirup. Literweise. Bald hatten alle Häuser einen schier endlosen Vorrat. Wasser tranken wir nur noch gesüßt.

Schließlich hatten wir uns, so weit es eben ging, in der neuen Situation eingerichtet. Wir haben noch Glück gehabt. Die Böden werfen noch immer einen kleinen Ertrag ab. Die Kaninchen und Hühner haben das große Sterben der Tiere überlebt. Auch mit der Hitze können wir uns arrangieren. Wir sind genügsam, so können wir ein einfaches Leben führen.«

23

Bei meiner Rückfahrt fuhr ich über die einzige noch erhaltene Kopfsteinpflasterstraße. Die durch den holprigen Boden entstehende Vibration war bis in den Sitz zu spüren. Ich hatte die Fenster heruntergekurbelt und rauchte mit der linken Hand, die rechte am Steuer. Schon von Weitem sah ich Wolf und Levke im Schatten der ramponierten Bushaltestelle sitzen. Auch sie bemerkten mich und stellten sich mitten auf die Straße. Ich musste abbremsen und kam knapp vor ihnen zum Stehen.
Ihre Gesichter waren sonnenverbannt. Sie trugen dunkelrote Sporttrikots, abgeschnittene Jeans und Turnschuhe. Sie hatten sich jeder eine Plastikflasche unter den Arm geklemmt, die mit bräunlicher Flüssigkeit gefüllt war. Ich roch den selbstgebrannten Quittenschnaps bis in das Auto.
Die Leute bezeichneten es als Glück, dass die Quittenbäume nicht unter der Hitze litten. Die Ernten waren immer noch so gut, dass es für die Herstellung des Schnapses reichte, den sie hier seit jeher destillierten.
Wolf und Levke grinsten mir zu.
»Was wollt ihr?«, rief ich über den laufenden Motor hinweg.
Levke stützte sich auf die Kühlerhaube.
»Hast du noch eine davon?«
Sie deutete auf die Zigarette, die ich in der Hand hielt. Wolf kam zur Fahrertür geschlendert und lehnte sich gegen den Seitenspiegel.
»Uns juckt's so danach.«
Er tat, als würde er rauchen, und griff sich dabei in den Schritt. Sein Blick war glasig.

»Als ob ihr etwas hättet, was ihr mir dafür geben könntet«, sagte ich.
Levke kratzte mit ihrem Nagel über den Lack des Autos.
»Glaubst du, du kannst dir jetzt alles erlauben?«
»Wer nichts hat, der bekommt auch nichts. Ihr habt mir diese Regel beigebracht.«
[»Wir verstecken aber auch kein Kind bei uns.«]
Ich blickte ihr direkt in die Augen.
»Habt ihr wieder mal einen über den Durst getrunken?«, fragte ich.
Levke nahm demonstrativ einen großen Schluck aus der Flasche und kam zum anderen Fenster gelaufen.
»Ein Kind, das rothaarig wie nix in eurem Vorgarten steht, könnte ich mir auch nach zehn Flaschen nicht einbilden.«
»Ich kann's bezeugen«, rief Wolf, »so eine Farbe kann sich niemand ausdenken.«
Levke spuckte auf den Beifahrersitz. Mit der Unterseite der Flasche verrieb sie es. »Kleines Andenken«, sagte sie. Wolf lachte und verschluckte sich dabei. Ich drückte die Zigarette auf dem Armaturenbrett aus.
»Ich habe wirklich keine Zeit für eure Spielchen«, sagte ich.
»Nun hab dich doch nicht so«, sagte Levke, gab Wolf aber mit dem Kopf ein Zeichen und sie traten vom Auto zurück.
»Ihr könnt nichts beweisen«, sagte ich.
»Du solltest aufpassen«, sagte Levke und nahm einen weiteren Schluck. [»Vergiss nicht, warum die Brücke gesprengt wurde.«]
»Verpisst euch!«
Ich trat auf das Gaspedal, schaltete in den zweiten Gang.
Im Rückspiegel sah ich, wie sie sich wieder in die Mitte der Straße stellten und die Flaschen in die Luft reckten.

AUF DER FLUCHT IN EINEM KLAR ABGESTECKTEN GEBIET
BEGINNST DU, IM KREIS ZU GEHEN. DIE ENTFERNUNG
WIRD SICH DABEI NICHT VERGRÖSSERN, ES BLEIBT, DEN
WIRKLICHEN ABSTAND IM KOPF ZU MESSEN.

24

Ich bog auf den Sandweg ein und ließ den Pick-up vor unserem Haus ausrollen. Vor Anspannung fühlte sich mein Körper taub an. Über das Lenkrad gebeugt musterte ich durch die Windschutzscheibe die Umgebung, doch nichts deutete darauf hin, dass jemand hier gewesen war.

Im Flur hörte ich aus dem Wohnzimmer ein entferntes Rauschen. Langsam ging ich darauf zu.
Edith lag mit den Doggen neben dem Sofa auf dem Teppich. Sie trug ein nachtblaues Wollkleid mit hochgekrempelten Ärmeln. Die Knie hatte sie zum Bauch gezogen und ihren Kopf auf ihren Kaninchenfellmantel gebettet. Ans Ohr gedrückt hielt sie das Radio, das sonst immer in der Küche auf der Anrichte stand. Sie drehte am Regler, es knisterte laut, und das Rauschen war erneut zu hören.
»Was machst du da?«, fragte ich und stellte mich über sie.
Edith verdrehte die Augen und erklärte mir, dass sie Musik hören wolle.
»Aber das Ding funktioniert nicht richtig«, fügte sie hinzu, »dafür klingt es jetzt ein bisschen so wie das Meer.«
Am liebsten hätte ich ihr ins Gesicht geschlagen.
»Der Empfang ist seit Jahren gestört«, sagte ich.
»Aber manchmal finde ich noch einen Sender.«
Ich wurde ungehalten. »Was redest du da?«
Trotzig hielt sie sich das Radio an das andere Ohr.
»Weißt du, letzte Nacht habe ich vom Meer geträumt. Das aufgewühlte Wasser, und wie es sich wieder und wieder gegen dunkle Felsen wirft und wie das Salz auf den Steinen zurück-

bleibt. Das Aufwachen hat sich dann angefühlt, als würde ich untergehen.«
»Warum erzählst du mir das?«
»Weil das Kind schuld daran ist. Es bringt die alten Bilder wieder hoch.«
»Meisis?«
»Hast du nicht auch das Gefühl, dass da etwas zu kippen begonnen hat, seit sie im Haus ist? Irgendwie schafft sie es, mich mit ihrem Blick aufzuwühlen.«
»Du hast dich doch überhaupt nicht vom Sofa wegbewegt. Wann willst du sie gesehen haben?«
»Ich begegne ihr manchmal nachts.«
»Ich glaube, du hast einen Sonnenstich.«
»Frag sie doch«, sagte Edith und griff sich eine Kartoffel, die auf dem Sofa lag. Erde klebte an der Schale. Sie biss ein Stück ab.
»Wie oft habe ich dir schon gesagt, dass du die nicht essen darfst.«
»Ich hatte Hunger.« Sie fuhr sich über den Mund.
»Die müssen gekocht werden, sonst sind sie nicht gut für den Magen«, sagte ich und nahm ihr die Kartoffel aus der Hand.
»Mir schmecken sie so besser.«
Sie versuchte, nach der Kartoffel zu greifen, und umklammerte mit der anderen Hand mein Bein, aber ich stieß sie weg, ging zum Fenster, öffnete es und warf die Kartoffel in den Vorgarten.
»Was fällt dir ein?«
Sie robbte über den Boden, dabei stieß sie eines der Gläser um. Wasser ergoss sich auf den Teppich. Ich stellte mir vor, wie ich nach ihrem Kopf treten würde und knackte mit den Fingern.

»Skalde?«

Meisis stand im Türrahmen, sie hielt ein Kaninchen auf dem Arm.

»Hatte ich dir nicht gesagt, du sollst auf dem Dachboden bleiben?«

Meisis hob die Schultern.

»Es war so heiß da oben.«

Ich wandte mich ab und versuchte, ruhig zu atmen.

»Was ist mit dir?«, fragte Meisis und stellte sich dicht neben mich.

»Wenn ich dir sage, dass du auf dem Dachboden bleiben sollst, musst du dich daran halten, verstanden? Egal, wie lange es dauert, und egal, wie heiß es ist.«

Meisis nickte, das Kaninchen jetzt fest an ihre Brust gepresst.

Edith lachte. »Das kommt mir bekannt vor.«

Ich ignorierte sie.

»Was ist mit dem Kaninchen?«, fragte ich Meisis.

»Es bewegt sich nicht mehr«, sagte sie.

»Zeig mal her.«

Sie zögerte und warf einen Blick zu Edith.

»Jetzt gib schon her.«

Ich griff nach dem Kaninchen und begutachtete es. Die Augen waren mit Eiter verklebt. Es atmete nicht mehr.

»Was hast du mit ihm gemacht?«, fragte ich.

»Nichts, es war schon so, als ich es aus dem Stall genommen habe.«

»Es ist tot«, sagte ich, »jetzt kann man es nur noch essen.«

Meisis nickte.

Ich wandte mich ab und brachte das Kaninchen in die Küche.

Später warf ich noch einmal einen Blick in das Wohnzimmer. Edith hatte sich nicht bewegt. Ich schloss die Tür und ging zurück zu Meisis in die Küche, wo ich das Blut vom Wachstischtuch wischte und begann, das Kaninchenfleisch zu braten.

ES KOMMT MIR VOR, ALS WÄREN DIE MAUERN DES HAUSES AUS PAPIER, DIE WÄNDE VIEL ZU FRAGIL, ALS LIESSE ES SICH IN NUR WENIGEN HANDGRIFFEN ZUSAMMENFALTEN, NIEDERBRENNEN, IN SCHUTT UND ASCHE LEGEN.

25

Die Sonne stand purpurrot über dem Kiefernwald. In ihrem Licht wirkte der Garten wie mit Lack überzogen. Das Kind schlief noch. Edith lag seit gestern Abend in der Badewanne. Ich stand in der Küche und konnte sie über mir im Wasser rumoren hören.
Von der Anrichte nahm ich das Schlachtermesser. Ich wusch es gründlich, legte mir den Wetzstein bereit und begann, es zu schärfen. Die gleichmäßige Bewegung beruhigte mich.
Ich arbeitete konzentriert vor mich hin, bis mich das gedämpfte Geräusch eines herannahenden Autos aufhorchen ließ. Reifen knirschten im Sand, der Motor verstummte. Ich legte den Wetzstein zur Seite, griff das Messer und schlich zur Haustür. Eine Autotür ging auf und fiel wieder zu. Schritte näherten sich. Ich hielt das Messer so fest, dass sich meine Fingernägel in die Handinnenfläche bohrten. Es klopfte.
»Jemand da?«
Erneutes Klopfen. Ich steckte das Messer hinten in meinen Gürtel und öffnete die Tür einen Spaltbreit. Auf der unteren Stufe stand Pesolt. Er fuhr sich durch sein schulterlanges blondes Haar und wischte sich die Hände an seinem fleckigen Sportanzug ab. Ich sah an ihm vorbei zu seinem Auto. Das Nummernschild fehlte. Die Scheinwerfer waren zertrümmert. Auf der Seite des Beifahrers war eine tiefe Delle. Aber die Sitze waren leer.
»Was gibt's?«, fragte ich.
»Bei euch ist jemand eingezogen?«
»Sagt wer?«

»Wolf und Levke haben ein Kind in eurem Vorgarten stehen sehen.«
Ich tat überrascht. »Ein Kind?«
An Pesolts Blick konnte ich sehen, dass er es mir nicht abnahm. Ich lachte. »Du lässt dir von den beiden Schnapsdrosseln was erzählen?«
Er stieg eine Stufe höher. »Dann lass mich ins Haus.«
»Und wenn nicht?«
»Das war keine Frage.«
Hinter mir spürte ich einen Luftzug. Ich drehte mich um. Edith stand im dunklen Flur. Sie trug nur ihren Kaninchenfellmantel. Von ihren nassen Haaren tropfte es auf die Steinfliesen.
»Du verlässt jetzt sofort mein Grundstück«, sagte sie und stellte sich neben mich.
Pesolt grinste. »Du meinst Nuuels Grundstück?«
Edith hob das Kinn. »Wollen wir wirklich über unsere Toten sprechen?«
Für einen Moment glaubte ich, er würde die Beherrschung verlieren, doch dann entspannten sich seine Gesichtszüge.
»Ihr macht es einem wirklich nicht leicht«, sagte er und wandte sich ab. Langsam ging er zurück zu seinem Auto. Er öffnete die Tür, aber drehte sich noch einmal zu uns um. »Hier kann nicht jeder machen, was er will.« Er sagte es, als wäre es etwas Gutes.
Ich biss mir auf die Lippen.
»Das wissen wir«, antwortete Edith. Pesolt nickte und stieg in sein Auto. Der Motor heulte auf, er beschleunigte und bog auf die Straße.
Edith schob mich ins Haus, schloss die Tür und drehte den Schlüssel herum. Ich wollte etwas sagen, doch sie schüttelte

den Kopf und ging ohne ein weiteres Wort die Treppe nach oben.

Ich ließ Meisis den ganzen Tag im Haus. Wir schlossen alle Vorhänge und stiegen auf den Dachboden. Erschöpft legte ich mich auf die Dielen und schaute ihr dabei zu, wie sie Schneckenhäuser, die sie im Garten gefunden hatte, auf dem Holz hin und her schob. Lebende gab es kaum noch. Nur die leeren Häuser blieben zurück.
»Muss ich jetzt gehen?«, fragte Meisis, nahm das kleinste Schneckenhaus und hielt es in den schmalen Streifen Sonnenlicht, der zwischen den Vorhängen hindurchfiel.
»Wie kommst du denn darauf?«
»Du hast dem Mann vorhin nicht die Wahrheit gesagt«, sagte sie.
»Du hast uns gehört?«
»Wird er wiederkommen?«, fragte Meisis und legte das Schneckenhaus zu den anderen.
»Vielleicht.«
»Und dann?«
Ich rollte mich auf den Rücken und starrte an die Decke. »Das werden wir sehen, wenn es soweit ist.«

26

Mein Schlaf war so leicht, dass ich immer wieder hochschreckte. Dunkel stand der Wald. Kein Mond war zu sehen.
Ich hörte, wie Edith unten durchs Haus lief und ein paarmal hatte ich das Gefühl, sie würde direkt unter der Luke des Dachbodens stehen.

Im Morgengrauen hielt ich es nicht mehr aus. Ich stand auf, zog mich an und ging nach unten. Die Müdigkeit machte mich benommen. Im Flur begegnete ich Edith.
»Hast du auch nicht geschlafen?«, fragte sie mich und vergrub ihre Hände in den Taschen ihres Mantels.
»Kaum«, antwortete ich.
In der Küche kochte ich Kaffee. Seit Jahren hatte ich die Dose nicht angerührt. Ich hatte ihn aufsparen wollen, für einen Zeitpunkt, an dem ich ihn wirklich benötigte. Ich goss mir selbst etwas in eine Tasse, füllte eine zweite und stellte sie vor Edith, die am Tisch Platz genommen hatte.
»Du hättest das Kind niemals mitnehmen dürfen«, sagte sie.
Ich schwieg.
»Wusstest du nicht, was du damit in Gang setzt?«
»Wenn ich es nicht mitgenommen hätte, wer dann?«
»Sie hätten es verschwinden lassen. Wir hätten nie davon erfahren«, sagte Edith.
»Siehst du.«
»Ja, aber jetzt sind auch wir in Gefahr.«
»Nuuel hat dich aufgenommen.«

Bei dem Namen meines Vaters zuckte Edith zusammen.
»Auch da gab es Widerstand, aber er hat sich nicht gefürchtet«, sagte ich.
»Natürlich hat er sich gefürchtet.«
»Würde er noch leben, hätte er Meisis aufgenommen.«
Edith schwieg.
»Glaubst du nicht, dass es auch einmal anders sein kann? Die Leute sind müde geworden.«
»In dieser Hinsicht werden sie sich nie ändern.«
»Wieso bist du dir da so sicher?«
»Du hast nicht erlebt, wie es war. Sie haben lieber ihre Äpfel auf dem Kompost verrotten lassen, als mir einen abzugeben.«
»Das ist über zwanzig Jahre her.«
»Du hast Pesolt doch gestern gehört.«
Ich trank einen Schluck aus der Tasse.
»Gerade wir stehen unter genauer Beobachtung«, sagte sie.
»Ich werde das Kind nicht ausliefern.«
»Dann musst du auch bereit sein, mit den Konsequenzen zu leben.«

Wenn ich daran zurückdenke, erscheint es mir, als hätten wir dort in der Küche zum ersten Mal seit vielen Jahren unverstellt miteinander gesprochen. Wir warfen uns nichts vor, sprachen nur über die Tatsachen. Wir waren uns uneinig, doch wir stritten nicht.

WIE LANGE KANN ICH AUFRECHT STEHEN, BEIM HALTEN DES EIGENEN KÖRPERS, DER DOPPELT SO SCHWER MICH IN DIE KNIE ZWINGT.

27

Schon am Morgen waren die Doggen unruhig. Immer wieder standen sie auf, trotteten ziellos durch das Haus, ließen sich an anderer Stelle nieder, zuckten im Schlaf und sprangen auf beim kleinsten Geräusch. Sie müssen eine Vorahnung gehabt haben.

Die Leute näherten sich dem Haus von seiner Rückseite, kamen aus dem Wald und standen an der Grenze zu unserem Grundstück, mitten am Tag. Zwei Frauen, drei Männer. Ich kannte nicht jeden Namen, ihre Höfe lagen weiter entfernt. Doch ich wusste, dass sie alle viel Land besaßen, ich erkannte es an ihren klobigen Ringen aus Gold mit Bernsteinen und Zähnen von Wild. Die Stoffe ihrer Kleidung aus hellem Leinen. Auch Pesolt war unter ihnen. Zunächst hielt er sich im Hintergrund.
Das Kind hockte in der Nähe des Pools im Schatten unter einem Laken, das ich dort zwischen den Bäumen gespannt hatte. Als es die Gruppe bemerkte, versteckte es die Bausteine im Gras.
»Also stimmt es«, sagte eine der Frauen. Sie hatte ein grobes Gesicht. Es passte nicht zu ihrem zierlichen Körper. Sie nickte den anderen zu, und sie kamen näher. Ich stellte mich zwischen sie und Meisis.
»Lügnerin«, sagte Pesolt zu mir.
»Wie bist du in die Gegend gekommen?«, fragte die Frau, doch Meisis gab ihr keine Antwort.
Ungeduldig wandte sie sich an mich.
»Versteht es mich?«

Ich nickte. Sie wiederholte ihre Frage. Meisis Gesicht blieb ausdruckslos.

»Antworte uns gefälligst«, sagte die Frau und gab mir durch eine Kopfbewegung zu verstehen, dass ich zur Seite treten solle. Ich blieb, wo ich war.

»Es ist nur ein Kind«, sagte ich, »wovor habt ihr Angst?«

»Es ist hier nicht erwünscht«, sagte die mit dem groben Gesicht.

»Es wird euch nicht stören, ich werdet es noch nicht einmal bemerken.«

»Darum geht es nicht. Es gehört nicht hierher. Allein schon diese Haare.« Der Mann deutete auf Meisis, als zeige er auf ein Tier.

»Aber wo soll sie hin?«, fragte ich und griff nach Meisis Hand. Müde lehnte sie sich an mich.

»Dahin, wo es hergekommen ist«, sagte Pesolt.

Ein Auto hupte. Ich fuhr herum. Neben dem Haus kam ein Jeep zum Stehen. Die Tür sprang auf, und Gösta stieg heraus. Ihre Füße steckten in erdverschmierten Gummistiefeln. In großen Schritten kam sie auf uns zu.

»Was ist das hier?«, fragte sie und stellte sich neben mich.

»Die haben ein fremdes Kind aufgenommen«, sagte der Mann.

Pesolt räusperte sich. »Es will uns nicht sagen, woher es kommt.«

Gösta griff nach ihrem grauen Haar, drehte es zu einem Knoten und steckte es hoch. Ihr ausgemergelter Körper hatte in diesem Moment all seine Zerbrechlichkeit verloren. Sie kam mir vor wie ein robustes Stück Holz.

»Seit wann habt ihr Angst vor einem Kind?«, fragte sie.

»Aber die Haare«, protestierte die Frau.

»Sie sieht aus wie ein Wechselbalg«, pflichtete ihr der Mann bei.
Gösta lachte. »Sind wir nicht alle etwas zu alt für diese Märchen?«
»Wir dürfen keine Ausnahmen machen«, sagte Pesolt.
»Ich bürge für dieses Kind«, sagte Gösta. »Nichts wird passieren. Und wenn doch, sorge ich dafür, dass es verschwindet. Und Skalde mit ihr«, sie deutete auf mich.
»Das musst du schwören«, sagte die Frau, »auf Len und auf die Gegend.«
Gösta nickte und hob die Hand. Pesolt biss sich auf die Lippen.
»War's das?« Gösta ließ die Hand sinken. »Dann können wir die Versammlung ja beenden.«
Für einen Moment bewegte sich niemand von ihnen. Erst als Pesolt ihnen ein Zeichen gab, lösten sie sich aus ihrer Starre und schlugen sich zurück in den Wald.
Gösta drehte sich zu mir. Die Müdigkeit stand ihr wieder ins Gesicht geschrieben. Ich streckte die Hand aus, damit sie sich bei mir abstützten konnte, aber stattdessen spuckte sie mir vor die Füße.
»Das schaffe ich wohl noch alleine«, fuhr sie mich an und ging humpelnd zurück zu ihrem Auto. Meisis und ich folgten ihr.
An der Autotür sagte Gösta:
»Du kannst dich bei Len bedanken. Wäre es nach mir gegangen, hätte ich ihnen das Kind einfach ausgeliefert. Ich helfe dir kein zweites Mal, verstanden? Ich will meine Ruhe haben.«
»Ich weiß«, sagte ich schnell.
Sie nickte und warf einen kurzen Blick zu Meisis.
»Dafür setzt du alles aufs Spiel?« Kopfschüttelnd stieg sie in den Jeep.

Als sie davongefahren war, nahm Meisis meine Hand.
»Wieso haben sie Angst vor mir?«, fragte sie.
»Weil du nicht so bist wie sie«, antwortete ich.

ICH HABE VON UNSICHTBAREN HUNDEN GETRÄUMT, DEREN BELLEN IM WALD VERHALLTE. MEINE HÄNDE WAREN ZU FÄUSTEN GEBALLT, ABER ICH WUSSTE, ICH KANN SIE NICHT ÖFFNEN, DENN ZWISCHEN DEN FINGERN HIELT ICH INSEKTEN, DIE ZUCKTEN UND FLÜCHTEN WOLLTEN.

28

Kurt und ich hatten am Rand des Pools gesessen, ich rauchte meine erste Zigarette, als er mir die Geschichte von meinen Eltern erzählte. Vielleicht ahnte er, dass Edith mir alles verschwieg.

Edith ist erst in die Gegend gekommen, nachdem die Betonbrücke gesprengt worden war. Am helllichten Tag stand sie plötzlich mitten auf der Straße im Nebel, die zum Fluss führte. Ihr roséfarbenes Seidenkleid war völlig durchnässt. Durch den Stoff schimmerte ein Badeanzug hindurch. Bei sich hatte sie einen silbernen Rollkoffer.
Auf die Frage, wie sie es über den Fluss geschafft hatte, verweigerte sie die Antwort, obwohl Pesolt und Gösta sie nächtelang befragten.
Ihr Koffer war gefüllt mit weiteren Kleidern und ihrem Schmuck aus Perlmutt. Außerdem fünf Lippenstifte in unterschiedlichen Rottönen und eine Bürste mit einem Griff aus Treibholz.
Sie sagten ihr, dass sie nicht in der Gegend bleiben dürfe, es gebe hier keinen Platz für sie.
»Wie soll ich zurückgehen, wenn der Ort nicht mehr existiert, der mein Ausgangspunkt war?«, fragte Edith mit ausdruckslosem Gesicht, aber niemand kümmerte sich darum.
Sie gaben ihr drei Tage, dann müsse sie die Gegend wieder verlassen haben.
Zwei Tage lang ging Edith ziellos umher und schlief in den Nächten unter den summenden Strommasten.
Am dritten Tag fand Edith den Pool in Nuuels Garten, klopfte

an seine Tür, und er ließ sie in sein Haus, als würden sie sich seit Jahren kennen.
Schnell sprach sich herum, wo Edith steckte. Die Leute kamen zu Nuuels Haus und verlangten von Edith, sich zu stellen, aber Nuuel öffnete ihnen nicht. Sie beschlossen, am nächsten Tag wiederzukommen. Wenn nötig, wollten sie sich mit Gewalt Zutritt verschaffen.
In der Nacht verschwanden von den Höfen die Hunde. Bei Nuuels Grundstück tauchten sie wieder auf und bewachten sein Haus. Sie gehorchten Edith aufs Wort und fraßen ihr aus der Hand. Niemand kam an ihnen vorbei.
Nuuel bat die Leute, Edith zu dulden. Sie sei nur eine einzelne Frau, was hatten sie zu befürchten? Er versprach ihnen, dass sie ihre Hunde zurückbekommen würden. Nachdem die anderen sich lange beraten hatten, gaben sie schließlich nach.
»Solange sie sich anpasst und unauffällig verhält, erlauben wir, dass sie in deinem Haus lebt.«
Edith gab die Hunde wieder frei, und die Leute verließen das Grundstück. Sie mieden von da an Nuuels Haus und hörten auf zu grüßen.
Ein Jahr später ereignete sich der Unfall.
Nuuel ging oft am Fluss entlang und flippte Steine. Was er gerade an diesem Tag dort machte, wo doch im Nebel kaum etwas zu sehen war, konnte sich niemand erklären.
Am Abend fanden sie ihn mit dem Gesicht nach unten im Wasser treibend. Natürlich war es Edith, die sie für seinen Tod verantwortlich machten. Mit dem aufgeschwemmten Leichnam tauchten sie bei ihr auf, legten ihr Nuuels ertrunkenen Körper auf die Fußmatte und klopften.
Dass Edith schwanger war, wussten sie nicht. Das sahen sie erst, als sie ihnen die Tür öffnete. Ihren Plan, sie noch an Ort

und Stelle zu erschießen, verwarfen sie daraufhin. Einen Rest Menschlichkeit hatten sie sich wohl doch bewahrt.
Die Leute ließen Edith den toten Körper und fuhren davon. Sie allein musste das Grab ausheben. In der Dämmerung kam Kurt und brachte ihr einen Fliederstrauch, gemeinsam pflanzten sie ihn daneben.

»Und dann?«, fragte ich Kurt und fuhr mir über die trockenen Lippen.
»Und dann? Nichts und dann. Sie blieb hier im Haus.«
Kurt drückte seine Zigarette aus und schnipste sie in den Pool, »Und du wurdest geboren.«

DEINE MUTTER IST AUS DEM WASSER GEKOMMEN, SCHLÄFST AUCH DU IN EINER PFÜTZE?, FRAGTEN MICH DIE ANDEREN KINDER UND LACHTEN DABEI.

29

»War jemand hier?«, wollte Edith am Abend wissen. Sie kam gerade aus dem Bad und begegnete mir im Flur. Ihre Füße hatten feuchte Spuren auf dem Boden hinterlassen. Etwas verloren stand sie mir gegenüber und griff sich ins Gesicht, wo sich ihre Haut zu pellen begonnen hatte. Sie zog einen losen Fetzen ab und rollte ihn zwischen den Fingern zu kleinen Kugeln.
»Pesolt ist mit ein paar anderen gekommen. Sie wissen jetzt, dass das Kind hier lebt«, sagte ich.
Edith schwieg.
»Sie wollen, dass es verschwindet«, fügte ich hinzu.
»Du bist doch nicht wirklich überrascht, oder?«
Ich zuckte mit den Schultern.
»Und jetzt?«, fragte sie.
»Gösta kam und konnte sie dazu bringen, noch abzuwarten.«
Ediths Körper versteifte sich. Sie ließ die Hand sinken.
»Gösta war auch da?«
»Kam später.«
»Natürlich. Die großmütige Gösta. Hat sie dir wieder einmal geholfen, ja?«
Ich kniff die Augen zusammen.
»Ja, das hat sie. War ja sonst niemand da.«
»Dir ist klar, dass das im Endeffekt keinen Unterschied machen wird? Auch Gösta kann nichts daran ändern, dass das Kind nicht von hier ist. Früher oder später werden sie einen Grund finden, wieso es verschwinden muss.«
Ich stellte mich dicht vor Edith.

»Wenn eh alles egal ist, wieso hast du das Kind dann nicht gleich an Pesolt ausgeliefert, als du die Chance dazu hattest?«

Edith antwortete nicht sofort. »Weißt du, das kann ich gerne immer noch tun.« Ihr Blick war kalt.

»Das würdest du nicht.«

Sie grinste. »Traust du mir das nicht zu?«

Ich wich zurück. Edith stand jetzt kerzengerade und sah alles andere als verloren aus. »Wenn du dein Leben auf Spiel setzten willst, bitte schön, aber halt mich da raus«, sagte sie.

»Aber du hast kein Leben. Sieh dich doch mal an. Du hast seit Jahren das Grundstück nicht verlassen. Willst du einfach immer so weitermachen? Nennst du das ein Leben haben?«

Ediths Gesicht blieb unbewegt.

»Das einzige, was ich von dir verlange, ist, dass ich da nicht mit reingezogen werde, verstanden?«

»Das war ja klar. Von dir konnte ich ja noch nie Hilfe erwarten.« Meine Stimmte kippte, und ich musste mich abwenden.

»Ja, weine nur, Gösta kommt bestimmt, um dich zu trösten.«

Edith sagte noch etwas, doch das hörte ich nicht mehr, denn ich stieg auf den Dachboden und warf die Luke hinter mir zu.

30

Ich stand mit Meisis hinter dem Schuppen und zeigte ihr, wie sie die Brennnesseln schneiden musste, ohne sich dabei zu verletzen, als Edith aus der Hintertür trat. Sie hatte sich die Haare zu zwei schweren Zöpfen geflochten, dunklen Lippenstift aufgelegt und trug ein blaues Samtkleid unter ihrem Kaninchenfellmantel. Zielstrebig kam sie auf uns zu.
»Was willst du?«, fragte ich, als sie sich vor uns aufbaute.
»Ich dachte, ihr könnt vielleicht ein bisschen Hilfe gebrauchen.«
»In diesem Aufzug?«
Edith hob das Kinn. »Hast du vergessen, wie ich früher aussah, wenn ich Jauche gemacht habe? Als ob ich das nicht in einem Pelzmantel erledigen könnte.«
»Aber Handschuhe brauchst du«, sagte Meisis.
Edith lächelte. »Gibt es denn noch ein Paar?«
Meisis nickte. »Skalde hat meine aus der Kommode im Flur. Da waren noch mehr, glaube ich.«
»Würdest du die für mich holen?«
»Klar.« Meisis drückte mir das Messer in die Hand und lief zum Haus. Ohne Edith anzusehen, fragte ich: »Du führst doch etwas im Schilde?«
»Mein Gott, muss ich mich jetzt sogar dafür rechtfertigen, wenn ich meine Hilfe anbiete?«
»Gestern hast du noch davon gesprochen, Meisis an Pesolt auszuliefern, und heute willst du uns plötzlich hier im Garten helfen, dabei hast du seit Jahren keinen Finger gerührt?«
Meine Stimme war lauter, als ich es beabsichtigt hatte.
Edith vergrub ihre Hände in den Taschen des Pelzes.

»Ich bin besorgt um unsere Sicherheit. Es war nicht so gemeint.«
»Wie war es denn gemeint?«
»Jetzt reite doch nicht so darauf herum. Ich will ja nur nicht, dass du denkst, weil Gösta ein gutes Wort für dich eingelegt hat, brauchst du dir keine Sorgen mehr zu machen.«
Ich zog mir die Arbeitshandschuhe aus und wischte mir den Schweiß aus dem Gesicht. »Wie meinst du das?«
»Mit dem Kind. Der Situation. Du musst doch einen Plan haben.«
»Gösta hat gebürgt. Nichts wird passieren. Und mit der Zeit werden sich die Leute an Meisis gewöhnen. In ein paar Jahren werden sie überhaupt nicht mehr wissen, dass sie keine von ihnen ist.«
Edith lachte. »An mich haben sie sich nie gewöhnt, und ich bin seit fünfundzwanzig Jahren hier.«
»Aber das ist auch deine eigene Schuld.«
Edith schwieg, dann sagte sie: »Und wie genau stellst du dir das vor? Willst du Meisis jetzt zu allen Höfen schleppen und den Leuten vorstellen, oder was?«
»Was ist so falsch daran?«, fragte ich. »Besser, als sie im Haus einzusperren und so zu tun, als gebe es sonst nichts.«
»Glaubst du wirklich, so einfach lassen sie sich überzeugen? Hast du nichts gelernt in all den Jahren?«
»Es sind keine schlechten Menschen«, sagte ich.
»Und ob sie das sind. Aber das wolltest du mir ja noch nie glauben.«
»Du willst mir Ratschläge geben? Ausgerechnet du? Für wen hältst du dich?«
Edith zuckte zurück, als hätte ich sie mit der flachen Hand ins Gesicht geschlagen. Fast wäre sie gestolpert.

»Dann probier es halt aus«, sagte sie und wischte sich über den Mund, verschmierte den Lippenstift, versuchte ein Lächeln.
»Das habe ich vor«, sagte ich, zog die Handschuhe wieder an, griff nach den Brennnesseln und trug sie in den Schuppen. Als ich wieder herauskam, war Edith verschwunden. Meisis kam mit einem weiteren Paar Handschuhe zurück. Suchend schaute sie sich nach ihr um.
»Sie hat es sich doch anders überlegt«, sagte ich.
Enttäuscht legte Meisis die Handschuhe auf den Boden.
Ich reichte ihr das Messer. »Wir schaffen das auch allein.«
Während wir die restlichen Brennnesseln herunterschnitten, schwiegen wir. Mehrmals hob Meisis den Kopf und schaute zum Haus, doch Edith tauchte nicht wieder auf.

Es kam mir damals überhaupt nicht in den Sinn, dass sich Edith dort im Garten mit mir vertragen wollte. Dass es ihr leidtat, was sie am Tag zuvor gesagt hatte, dass sie versuchte, den Graben zwischen uns zu übersteigen, der in all den Jahren immer tiefer geworden war.

ES GIBT TAGE, AN DENEN WÜNSCHE ICH MIR, DER KÖRPER MEINER MUTTER LÄGE UNTER UNKRAUT BEGRABEN.

31

Drei Tage lang blieb Edith verschwunden. Nur ihr Laken lag auf dem Sofa im Wohnzimmer. Ich sah im Badezimmer nach, doch auch das war leer. Selbst das Wasser in der Wanne hatte sie abgelassen. Es war, als hätte sie sich in Luft aufgelöst, und ich glaubte schon, dieser lang gehegte Wunsch wäre in Erfüllung gegangen.
Auch Meisis fiel Ediths Abwesenheit auf. Sie fragte nicht nach ihr, doch sie hielt sich auffallend häufig im unteren Stockwerk auf, wo sie immer wieder neue Türme aus Ediths Büchern baute.
Erst in der vierten Nacht fand ich heraus, wo Edith steckte. Ich ging an ihrem Zimmer vorbei und sah, dass unter den Türen ihres Schrankes Licht hindurchfiel.
Eine ganze Woche blieb sie dort.

NIE WIEDER EINEN SCHRANK VERLASSEN.
DER LEBENSRAUM ZWEI QUADRATMETER MIT
AUSGESPERRTEM TAGESLICHT, WER WÜRDE DICH
VERMISSEN?

32

Als ich in die Küche kam, stand Edith bewegungslos im Dunkeln.
»Willst du nicht das Licht anmachen?«, fragte ich.
Edith reagierte nicht. Ich ging zu ihr und stellte mich neben sie.
In der Dämmerung sah ich mehrere Gestalten mit Hunden über die Wiese laufen und im Wald verschwinden. Entfernt war weiteres Gebell zu hören.
»Ein Suchtrupp«, sagte Edith. »Vorhin kam auch schon eine Gruppe. Alle in Richtung Fluss.«
»Wieso?«, fragte ich.
»Liegt das nicht auf der Hand? Sie wollen herausfinden, wie es passieren konnte, dass es ein Kind in ihre Gegend geschafft hat«, sagte Edith.
Ich war überrascht von der Härte in ihrer Stimme.
»Und wenn sie etwas finden?«
»Besser wäre es.«
Schweigend starrten wir aus dem Fenster. Es war so dunkel geworden, dass nur noch Schemen zu erkennen waren.
»Genau so habe ich sie gehen sehen, bevor sie mir Nuuel brachten. Ich stand zufällig am Fenster und habe es beobachtet. Ich dachte mir nicht viel dabei«, sagte Edith.
Eine Pause entstand. Ich hielt die Luft an und hoffte, sie würde weitersprechen.
»Was macht ihr da?«, fragte Meisis. Erschrocken fuhr ich herum. Sie stand im hell erleuchteten Rechteck der Tür. Ihr Gesicht lag im Dunkeln.
»Du solltest doch längst schlafen?« Ich ging auf sie zu. Sie

rührte sich nicht. Erst als ich die Hand nach ihr ausstreckte, trat sie auf mich zu.
»Ich habe eure Stimmen gehört. Und draußen bellen Hunde.«
»Es ist nichts passiert, wovor du Angst haben müsstest«, sagte ich.
Edith lachte. »So würde ich es nicht ausdrücken.«
Ich ging nicht darauf ein.
»Komm, ich bringe dich ins Bett«.
»Bleibst du, bis ich eingeschlafen bin?«.
Ich nickte, hob sie hoch und trug sie nach oben in ihr Zimmer. Dort legte ich sie auf das Schlafsofa und deckte sie zu.
»Zu warm«, sagte sie und fuhr sich über das Gesicht.
»Ich kann das Fenster öffnen, aber das wird keinen Unterschied machen.«
»Trotzdem«, sagte Meisis und streckte ihre Hand nach mir aus. »Wieso gehen sie in den Wald?«, wollte sie wissen.
Sie bemerkte mein Zögern und setzte sich auf.
»Du musst es mir sagen.«
»Sie versuchen herauszufinden, welchen Weg du genommen hast, um in die Gegend zu gelangen.«
»Deswegen gehen sie in den Wald?«
»Sie wollen zum Fluss.«
»Also beginnen sie erst beim Fluss mit der Suche?«
»Ich nickte.«
Meine Antwort schien Meisis zu erleichtern. Ich döste weg, doch auch in meinen Träumen bellten die Hunde.

33

Ich wollte Edith beweisen, dass sie unrecht hatte und fasste den Entschluss, das Kind mit zu Eggert zu nehmen. Ich glaubte, Eggert sei ein guter Anfang.

Den Pick-up parkte ich vor seinem Hof auf dem Steinplattenweg, und Meisis und ich stiegen aus. Gemeinsam liefen wir durch das Tor.
Eggert stand in den üppigen Blumenrabatten, die er um die Linde in der Mitte des Dreiseithofs gepflanzt hatte und störrisch weiterhin pflegte. Die Hitze verstärkte den schweren Geruch der Blüten.
Ich sah mich nach den Schäferhunden um, die sonst auf dem Hof patrouillierten, doch sie waren nirgends zu sehen, lose lagen ihre Ketten im Schotter.
Eggert bückte sich, löste vertrocknete Stängel aus den Stauden und warf sie auf die Schubkarre. Als er uns kommen sah, hielt er in seiner Bewegung inne.
»Das Kind soll sofort meinen Hof verlassen«, sagte er.
»Das Kind heißt Meisis«, sagte ich.
»Der Name ist mir egal. Pesolt hat uns alles erzählt. Hier auf meinem Hof darf sie jedenfalls nicht so einfach herumspazieren.«
Ich beugte mich zu Meisis und sagte ihr, dass sie zurück zum Auto gehen und dort auf mich warten solle.
»Es wird nicht lange dauern«, flüsterte ich. Mit gesenktem Kopf lief Meisis zurück zum Pick-up. Die Enttäuschung war ihr anzusehen.
Ich wandte mich wieder Eggert zu.

»Sieht sie etwa so aus, als gehe irgendeine Gefahr von ihr aus?«, fragte ich.
»Die Haare kommen mir schon sehr verdächtig vor.«
»Früher oder später werdet ihr euch auch daran gewöhnen.«
»Sie gehört nicht hierher.«
Ich ging nicht weiter darauf ein, deutete zur Ladefläche des Pick-ups und sagte: »Ich bringe dir die versprochenen zwei Kanister.«.
Mit gerunzelter Stirn schaute Eggert mich an.
»Die Jauche für deine Blumen und den Garten, ich sollte sie dir heute vorbeibringen.«
»Das habe ich gesagt, bevor du dieses Kind gefunden hast.«
»Gösta hat für Meisis gebürgt.«
Eggert nahm ein Stofftaschentuch aus seiner Hose und wischte sich den Schweiß von der Glatze. »Ja, Gösta.« Er stopfte das Taschentuch zurück.
»Hör zu, Skalde, das Ganze hast du dir selbst eingebrockt. Stell dir vor, wir alle würden einfach tun, worauf wir gerade Lust haben, ohne auch nur einmal darüber nachzudenken, wie sich das auf die anderen auswirkt, welche Konsequenzen das nach sich zieht. Hier in der Gegend gehört es sich, dass man sich an den anderen orientiert, sich anpasst. Das ist der Grund, aus dem es uns noch relativ gut geht. Hier denken wir nicht zuerst an uns selbst, wir denken an die Gemeinschaft, an die Gegend. Das hat schon deine Mutter nie verstehen wollen.«
»Ob nun ein Kind mehr oder –«
Eggert hob die Hand. »Darum geht es nicht«, sagte er.
Ich schluckte.
»Ich nehme deine Kanister, aber sobald es hier auch nur die

kleinste Ungereimtheit gibt, kannst du es vergessen, dass ich noch irgendetwas mit dir tausche.« Er warf seine Handschuhe auf die Schubkarre. »Komm mit ins Haus und bring die Jauche mit.«

Ich nickte. Auf dem Weg zum Pick-up trat ich nach einem Stein, doch ich verfehlte ihn knapp. Meisis kurbelte das Fenster herunter und beugte sich zu mir heraus.

»Ich kann dir helfen, ich kann auch einen tragen«, sagte sie. Ich schüttelte den Kopf.

»Du bleibst im Auto.«

Ich nahm die Kanister von der Ladefläche und folgte Eggert ins Haus. Im Vorraum stapelten sich die Turnschuhe seiner Töchter.

»Stell sie einfach irgendwo hin, ich bin gleich wieder da«, sagte Eggert und verschwand im Flur.

Ich war gerade dabei, die Kanister unter die Treppe zu schieben, als Levaii, Eggerts jüngste Tochter, nach unten kam. Sie beugte sich über das Geländer und musterte mich. Ihre Iris war so hell, dass ich über ihren Blick erschrak.

»Was machst du hier?«, fragte sie argwöhnisch.

»Ich habe Jauche vorbeigebracht.«

Ohne mich aus den Augen zu lassen, dröselte Levaii das Ende ihres geflochtenen Zopfs auf und ließ ihn zurück auf ihre Schulter fallen.

»Wo sind deine Schwestern?«, fragte ich.

»Bestimmt draußen, sie graben den Garten um«, sagte Levaii.

Noch immer starrte sie mich an. Sie blinzelte nicht einmal.

»Dieses Kind, das mit euch lebt –«, sie stockte.

»Ja?«, fragte ich und verschränkte die Arme vor der Brust.

»Hast du nicht auch ein bisschen Angst vor ihm?«

»Was meinst du?«
»Naja, findest du es nicht ein bisschen seltsam, dass es plötzlich hier aufgetaucht ist, obwohl alles dicht ist, seit Jahren? Und dann diese Haare«, sie machte eine bedeutungsvolle Pause. »Also ich hätte Angst, wenn es mit mir im selben Haus schlafen würde.«
Ich war froh, dass in diesen Moment Eggert aus der Küche zurückkam.
Als er Levaii sah, fuhr er sie an: »Was machst du noch hier drinnen? Deine Schwestern arbeiten seit zwei Stunden im Garten. Sieh zu, dass du rauskommst.«
»Ich geh ja schon«, widerwillig nahm sie die letzten Stufen, nickte mir noch einmal zu und verließ das Haus. Die Tür ließ sie offen stehen. Im hellen Sonnenlicht, das hereinfiel, bemerkte ich erst, wie schmutzig der Raum war. Selbst die Turnschuhe bedeckte eine feine Staubschicht.
»Ich hoffe ja, das ist nur eine Phase«, sagte Eggert und schaute seiner jüngsten Tochter nach.
»Bestimmt«, sagte ich.
Er drehte sich zu mir und reichte mir fünf Gläser mit eingeweckten Früchten.
»Musste ein bisschen suchen, die waren ganz hinten im Schrank.«
»Danke.«
»Du gehst jetzt besser«, sagte er und drängte mich nach draußen.

Beim Wenden des Pick-ups entdeckte ich Levaii und ihre Schwestern hinter dem Haus im Gemüsegarten. Die Tücher, die sie sich als Schutz gegen die Sonne auf den Kopf gebunden hatten, hoben sich grell leuchtend von der Umgebung ab. Mit

Spaten und Hacken bearbeiteten sie den trockenen Boden. Auf ihren muskulösen Armen glänzte der Schweiß.
Levaii schaute grimmig, doch ihre Schwestern lächelten uns zu. Eine hob sogar die Hand zum Gruß.
Ich trat aufs Gas, und wir fuhren davon.

Die Höfe, die wir passierten, waren menschenleer. Es wirkte, als hätten sich alle ins Innere ihrer Häuser zurückgezogen. Manchmal glaubte ich, hinter den hellen Vorhängen jemanden stehen zu sehen, doch wir waren zu schnell, sodass ich mir nie ganz sicher war.
»Können wir bitte einfach immer weiterfahren?«, fragte Meisis und schloss die Augen.
»Das geht nicht. Irgendwann geht's nicht mehr weiter.«
»Wieso nicht?«
»Da ist ein Fluss.«
»Aber gibt es keine Brücke?«
Ich schüttelte den Kopf.
»Aber können wir dann nicht einfach in die andere Richtung fahren?«
»Das ist totes Gebiet. Dort würden wir umkommen.«

34

Das Haus von Pesolt lag in einer Senke. In diesem Teil der Gegend gab es keine befestigten Straße, nur Schotterwege. Ich parkte den Pick-up oben am Hang, nahm die Tüte mit dem Kaninchen und stieg mit Meisis aus. Stimmen wurden zu uns geweht, doch ich konnte sie nicht verorten. Sie schienen aus keiner bestimmten Richtung zu kommen, auch war niemand zu sehen.
»Du hältst dich an mich«, wies ich Meisis an. Nebeneinander liefen wir über den Schotter auf das Haus zu.
Links und rechts blühten die Malven dunkellila, fast schwarz. Wir stiegen die Stufen zur Eingangstür hoch, und ich klopfte. Nichts passierte. Ich klopfte erneut, doch niemand machte auf.
»Vielleicht ist jemand hinten im Garten«, sagte ich, nahm Meisis Hand und ging mit ihr einmal um das Haus herum. Der von der Sonne verbrannte Rasen war so kurz geschnitten, dass die Erde darunter sichtbar wurde. Die Beete waren mit einer hellen Folie abgedeckt. Dahinter begann die Streuobstwiese. Die gedrungenen Bäume spendeten kaum Schatten. Ich sah, dass an einigen von ihnen noch nicht ganz reife Äpfel hingen. Ein Zaun markierte eine Grenze. Dort stand Pesolt und lackierte die Holzlatten rot. Die frische Farbe leuchtete unnatürlich in der Landschaft. Zögernd gingen wir auf ihn zu. Als er uns kommen sah, legte er den Pinsel auf den Eimer und wischte sich die farbverschmierten Finger an der Hose ab.
»Wüsste nicht, dass ich das letzte Mal eine Einladung ausgesprochen hätte«, sagte er grimmig.

»Vor ein paar Wochen hast du gesagt, du schaust dir mal unsere Obstbäume an.«

Pesolt lachte. »Hab ich das?«

»Ja«, ich schaute ihn provozierend an. »Ich habe dir erzählt, dass sie nur noch blühen und die letzte Ernte über ein Jahr her ist.«

»Da seid ihr nicht die einzigen.« Pesolt rieb sich über die Stirn.

»Als wir darüber geredet haben, hast du mir versprochen –«

»Das war, bevor ihr das Kind aufgenommen habt.«

»Die Bäume hat deine Mutter gepflanzt«, sagte ich. »Einen Glaskirschen- und einen Pflaumenbaum.«

Niemand anderes kannte sich mit Obstbäumen so gut aus wie Pesolt. Seine Mutter hatte ihm das alles beigebracht. Und sie wiederum hatte von ihrem Vater gelernt. Pesolts Bäume warfen noch immer einen vernünftigen Ertrag ab. Wie er das schaffte, hatte er bisher niemandem verraten.

»Ich habe dir ein halbes Kaninchen mitgebracht«, sagte ich und hielt ihm die Plastiktüte hin. Er warf einen Blick zu Meisis.

»Das ist alles?«

»Und einen Kanister Jauche«, sagte ich, »steht noch auf der Ladefläche des Pick-ups.«

»Was soll ich mit Pflanzendünger? Ich baue nichts mehr an, und für meine Obstbäume brauche ich ihn nicht, die tragen auch so.«

»Was willst du dann?«

Er zögerte, bevor er sagte: [»Edith hat doch dieses Messer. Der Griff ist aus Kiefernholz.«] wichtig?

Ich wusste sofort, wovon er sprach. Ein handliches Messer, die Klinge nicht länger als mein Zeigefinger. Edith behielt

es immer in ihrer Nähe. Wenn sie schlafen ging, schob sie es zwischen die Polster des Sofas.
Einmal hatte sie es auf dem Tisch vergessen, und ich benutzte es, um Kartoffeln zu schälen. Als Edith zurück in die Küche kam und mich mit dem Messer sah, entriss sie es mir so brutal, dass die Klinge einen tiefen Schnitt in meiner Handfläche hinterließ.
Zu Pesolt sagte ich: »Das nicht, das gehört Edith.«
»Na und? Hat sie etwa nichts von einer guten Obstbaumernte?«
Meisis wurde unruhig, ich legte ihr eine Hand auf die Schulter.
»Es gibt doch sicherlich noch etwas anderes, was ich dir geben kann«, sagte ich.
Pesolt schüttelte den Kopf. »Ich will das Messer.«
In meinem Bauch verhärtete sich etwas. »Du bekommst drei Kaninchen. Drei kräftige.«
»Ich will das Messer«, sagte Pesolt, griff nach dem Pinsel und fuhr damit fort, die abgegriffenen Latten zu lackieren. Ich biss mir so fest auf die Zunge, dass ich Blut schmeckte.
»Wir gehen«, sagte ich zu Meisis. Pesolt richtete sich auf.
»Wenn du es dir noch einmal anders überlegst, weißt du ja, wo du mich finden kannst.«
Er wollte mich an der Schulter berühren, aber ich machte einen Schritt zurück und zog Meisis mit mir mit. Pesolt lachte.
Vor dem Haus saßen Pesolts Zwillinge auf den Stufen zur Eingangstür. Meisis blieb wie angewurzelt stehen. Die Zwillinge kreischten auf und stürzten auf uns zu.
»Ey«, sagten sie und postierten sich vor uns, die Arme in die Seiten gestützt, die Bäuche weit vorgeschoben. Sie trugen den gleichen Pyjama. Das Muster bestand aus Äpfeln und Birnen,

die Hosenbeine und Ärmel waren ihnen zu kurz, und an den Knien war der Stoff blutverkrustet, als seien sie damit bereits unzählige Male auf dem Schotterweg gestürzt.

»Lasst uns in Ruhe«, sagte ich.

»Wir machen doch gar nichts«, antworteten sie und stießen sich gegenseitig die Ellenbogen in die Seite.

»Wieso gibst du unserem Vater das Messer nicht?«

»Er braucht kein Messer«, sagte ich.

»Woher willst du das wissen?«

Ich erwiderte nichts und wollte weitergehen, aber sie stellten sich uns in den Weg.

»Ihr werdet bald nichts mehr zu essen haben, wenn eure Bäume ganz verkümmern.«

»Wir haben Kartoffeln und Kaninchen«, sagte ich.

Die Zwillinge lachten.

»Unser Vater hat gesagt, nur, wer sich an die Obstbäume hält, wird überleben.«

»Woher will er das wissen?«, fragte Meisis.

»Unser Vater hat immer Dinge gewusst, bevor die anderen sie wussten.«

Meisis zuckte mit den Schultern. Schnell sagte ich: »Wir werden nicht verhungern«, und schob mich mit Meisis an ihnen vorbei. In großen Schritten gingen wir den Hügel nach oben zum Pick-up.

Als ich das Auto wendete, waren die Zwillinge wieder im Haus verschwunden. Im oberen Stockwerk war nun ein Fenster geöffnet. Der weiße Vorhang blähte sich im Luftzug. Len hatte mir einmal erklärt, dass die Leute hier früher immer ein Fenster offen gelassen hatten, trotz des kalten Wetters, weil ein Aberglaube besagte, dass unerwünschte Fremde fernblieben, wenn der Wind ins Haus gelangen konnte.

35

Zurück im Haus versteckte ich Meisis auf dem Dachboden. »Du rührst dich nicht vom Fleck«, sagte ich. Meisis wollte protestieren, aber ich schüttelte den Kopf und sagte: »Es wird nicht lange dauern.«

Ich achtete nicht darauf, welchen Weg ich nahm. Es half mir, dass der Abstand zwischen dem Haus und mir immer größer wurde. Mein Kopf leerte sich. Als ich den Ruf eines Vogels hörte, blieb ich stehen. Der Vogelruf erklang erneut. Ich folgte ihm. Unter meinen Füßen knackten trockene Äste. Sonnenlicht fiel zwischen den geradlinigen Stämmen bis auf den Boden. Vor mir im Wald tat sich die Kiesgrube auf. Ich glaubte, dass sich der Vogel dort befand und näherte mich langsam.
Am Grubengrund zwischen den ausrangierten Autos lagen Wolf und Levke. Wolf hatte sich auf den Rücken gedreht und schlief. Levke dagegen hatte die Augen geöffnet. Sie war es, die den Vogelruf imitierte. Im nächsten Moment sprang sie auf, stürzte auf mich zu, brachte mich zu Fall und drückte mich schwer atmend zu Boden.
»Glaubst du wirklich, ich hätte dich nicht längst bemerkt?«
»Es war nicht meine Absicht, mich anzuschleichen.«
»Ach nein?«
»Ich habe so lange keinen Vogel mehr gehört«
»Das war nicht irgendein Vogel. Das war ein Star. Du weißt wirklich gar nichts. Immer tust du so, als kennst du dich aus, dabei kannst du nicht mal einen Star erkennen.«
Levke konnte alle Vögel, die es früher in der Gegend gegeben

hatte, nachahmen. Als Kind war sie oft stundenlang draußen umhergelaufen und hatte dabei die verschiedenen Arten imitiert. Die anderen Kinder waren ihr gefolgt, laut johlend, darauf hoffend, dass ein echter Vogel angelockt wurde.
Ich hatte die Prozession immer von Weitem beobachtet, bis ich mich schließlich getraut hatte, mich ihnen anzuschließen. Ich musste ganz zuletzt gehen, so waren die Regeln, aber immerhin ließen sie es zu, dass ich ihnen folgte.
Zu meiner Überraschung gelang es Levke wirklich einmal, einen Vogel zu täuschen. Er flatterte über unserer Gruppe und schien auf Levkes Stimme zu antworten. Eines der Mädchen, das dicht hinter Levke lief, zückte ihre Steinschleuder, aber Levke drehte sich zu ihr um, packte sie am Kragen und schlug ihr mehrmals ins Gesicht.
»Das machst du kein zweites Mal«, sagte sie. Das Mädchen krümmte sich am Boden, die Hände vor das Gesicht gepresst. Blut tropfte von ihrem Kinn in den Sand. Keiner der anderen rührte sich. Levke setzte sich wieder in Bewegung, und wir folgten ihr. Das Mädchen ließen wir zurück.
Eine Woche später war der Vorfall vergessen. Das Mädchen lief wieder mit der Gruppe, ich dagegen war mit lauten Rufen verscheucht worden.

Levke ließ von mir ab und setzte sich im Schneidersitz neben Wolf, der immer noch schlief.
Sie wedelte mit der Hand. »Verpiss dich jetzt.«
Ich rappelte mich auf.
»Ist Wolf ok?«
»Zuviel getrunken. Der schläft, bis es dunkel wird.«
»Und du?«
Levke verzog den Mund. »Ich vertrage mehr.« Sie griff nach

ihrer Flasche, die unter eines der Autos gerollt war und nahm einen Schluck.

»Wo hast du das Kind gelassen?«, fragte sie.

»Im Haus.«

»Sperrst du es jetzt weg oder was?«

»Nur, weil ich es einmal nicht mitnehme?«

Wolf murmelte etwas im Schlaf und drehte sich auf den Bauch. Sein geschwollenes Gesicht vergrub er in der Armbeuge. Levke pulte zwischen ihren Zähnen.

»Niemand hier will das Kind, weißt du. Wieso setzt du dich einfach darüber hinweg?«

Ich schwieg, dann sagte ich: »Es tut euch doch überhaupt nichts.«

»Bisher ist nie etwas Gutes passiert, wenn Fremde hier aufgetaucht sind.«

»Du meinst, als Edith hier aufgetaucht ist?«

»Es gibt noch andere Geschichten. Noch bevor die Brücke gesprengt wurde.«

»Was für Geschichten?«

»Ich habe mal meine Großeltern darüber reden hören. Da sind Leute gekommen und haben behauptet, ihnen gehören welche der Häuser. Haben so wichtig aussehende Papiere gezeigt. Hat ihnen aber nicht viel genützt. Die haben natürlich niemanden rausgekriegt.«

»Was ist aus ihnen geworden?«

»Mann, keine Ahnung. Sind wieder abgedampft oder halt im Fluss gelandet. Wer kann das heute noch sagen?«

Mein Magen zog sich zusammen.

»Die hatten schon ihre Gründe, die Brücke zu sprengen«, sagte Levke.

»Hast du etwa Angst vor einem Kind?«, fragte ich.

Levke erhob sich und stellte sich dicht vor mich. Ihr Atem roch stark nach Alkohol.
»Wir wollen, dass alles so bleibt, wie es ist, warum kapierst du das nicht.«
»Das will ich auch«, protestierte ich.
»Dann fang an, dich auch so zu verhalten.«
Unsanft stieß sie mich aus dem Weg. Kurz war ich versucht, mich auf sie zu stürzen und ihr mit beiden Händen ins Gesicht zu schlagen, doch ich wusste, dass ich ihr in einer Prügelei heillos unterlegen wäre. Ich warf ihr einen finsteren Blick zu und stieg ohne Hast den Hang hinauf.

KEINEM BEKOMMT DIE DUNKELHEIT.
IHRE ABLAGERUNGEN BLEIBEN IM KOPF ZURÜCK.
WOHIN MIT EINEM SCHMERZ, DER SICH NICHT
VERLAGERN LÄSST?

36

Ich erreichte das Haus, etwas schien verändert.
Im Flur lagen die Doggen, sie erhoben sich und folgten mir. Das Sofa im Wohnzimmer war leer. Edith hatte ihren Mantel auf den Polstern zurückgelassen. Ich rief nach Meisis, doch erhielt keine Antwort. Die Hunde folgten mir in die Küche, ihre Krallen klackten auf den Steinfliesen. Erneut rief ich nach Meisis, doch nichts war zu hören. Aus dem Krug füllte ich Wasser in ein Glas. Ich nahm einen Schluck, es schmeckte rostig. Die Doggen trotteten zum Fenster und winselten. Ich blickte hinaus.
Im Garten unter dem Kirschbaum saßen Edith und Meisis auf einem Laken im Schatten.
Ich stellte das Glas ab und trat durch die Hintertür nach draußen.
»Was macht ihr hier?«, fragte ich. Die Doggen, die mir gefolgt waren, ließen sich neben Edith auf dem Laken nieder. Sie streckte die Hand aus und fuhr ihnen durch das Fell.
»Ist es verboten, im Garten zu sitzen?«, fragte sie.
Meisis lächelte mich an. Sie trug einen von Ediths Seidenpyjamas.
»Wo ist dein T-Shirt?«, fragte ich.
»Sie kann doch nicht jeden Tag dasselbe anhaben«, sagte Edith.
»Deswegen trägt sie jetzt Sachen von dir?«
»Irgendetwas muss sie ja anziehen.«
Edith hatte die Ärmel und Hosenbeine gekürzt. Meisis zeigte mir die abgetrennten Stoffreste.
»Edith hat gesagt, die kann ich haben.«

»Was willst du damit?«
Meisis senkte den Blick.
»Vielleicht habe ich auch noch andere Sachen. Ich schaue später nach«, sagte Edith.
Ich nickte, ohne mir etwas anmerken zu lassen.
»Willst du dich zu uns setzen?«, fragte Meisis und versuchte, eine der Doggen zur Seite zu schieben.
Ich schüttelte den Kopf und ging ohne ein weiteres Wort zurück ins Haus.
Mein Körper fühlte sich schwer an. In Zeitlupe stieg ich auf den Dachboden, klappte die Luke ein und ging zu den Pappkisten, in denen ich meine Kleider lagerte. Ich breitete die Sachen auf der Matratze aus und legte mich hinein.

37

ICH BEWEGE MICH GETARNT DURCH DAS LAND, SODASS MICH NIEMAND FINDEN KANN.

Selbst als ich für Edith noch eine Verbündete gewesen war, durfte ich nie ihre Kleider anziehen. Stattdessen hatte sie mir aus Laken und Bettzeug einfache Hosen und Oberteile genäht. Ich trug sie, bis sie auseinanderfielen. Wurden sie mir zu kurz, verlängerte Edith sie mit Stoffresten.
Als die anderen Kinder mich das erste Mal sahen, lachten sie mich aus und riefen mich Vogelscheuche.
Ich bat Len und Gösta um Kleidung. Sie verstanden sofort, stellten keine Fragen und brachte mir einen Karton vorbei. Darin fand ich zwei weite Hosen, drei Hemden, zwei T-Shirts und einen Pullover. Alles in Braun- und Beigetönen. Die T-Shirts waren so oft gewaschen worden, dass ihre aufgedruckten Schriftzüge nicht mehr zu erkennen waren.
Vor Ediths Spiegelschrank probierte ich alles an und versuchte so zu gehen wie die anderen Kinder aus der Gegend, breitbeinig, den Blick furchtlos.
Am darauffolgenden Tag sah mich Edith das erste Mal in den neuen Kleidern. Sie stand mit den Doggen im Flur, als ich die Treppe nach unten kam. Die Hunde knurrten und fletschten die Zähne. Edith musterte mich von Kopf bis Fuß. Ich trug ein Hemd und eine Sporthose. Meine Füße steckten in einfachen Turnschuhen. Ich wusste, ich sah jetzt aus, wie eine aus der Gegend.
»Gefällt es dir?«, fragte ich und drehte mich im Kreis.

»Ich habe noch nie etwas Hässlicheres gesehen«, antwortete sie mir. Mein Gesicht blieb ausdruckslos.

Ich suchte die für mich von Edith genähten Sachen im Haus zusammen und warf sie im Garten auf einen Haufen. Ich war mir sicher, dass Edith mich durch eines der Fenster beobachtete, wandte mich zum Haus und zündete die Kleidung an. Als nur noch glimmende Glut übrig war, ging ich zurück nach drinnen.

Edith fand nie heraus, dass ich manchmal heimlich ihre Sachen anzog. Ich tat es nur dann, wenn ich mir sicher war, dass sie schlief.

Dass Ediths Kleider so ganz anders waren als die der Leute aus der Gegend, faszinierte mich. Ich konnte Stunden damit zubringen, sie vor dem spiegelnden Schrank in ihrem Zimmer aus- und anzuziehen. Dabei stellte ich mir vor, auch das Haus sei ein anderes, die Landschaft neu, das Meer nicht weit. Ich kämmte mir mit Ediths Bürste die Haare und las Gedichte über Dünen. Wenn ich wieder in meine eigenen Sachen schlüpfte, schämte ich mich und schwor mir jedes Mal, mich nicht erneut zu verkleiden. Aber dieser Vorsatz hielt nie lang.

Ich hörte erst damit auf, als ich die Kleidung von Nuuel fand. Ich war fünfzehn, vielleicht sechzehn und räumte den Keller auf. Dabei entdeckte ich hinter einer Luke einen Hohlraum, darin mehrere Plastiktüten.

Ich zog sie hervor und trug sie in mein Zimmer. Erst dort traute ich mich, hineinzusehen. Mehrere Hosen aus grobem Stoff. Zwei dicke Wollpullover. Socken, Unterhosen. Eine Handvoll T-Shirts, ungefärbt. Ich wusste sofort, dass sie Nuuel gehört hatten.

Es war Kleidung, wie sie auch die anderen Leute in der Gegend trugen.

Behutsam zog ich eine der Hosen an und schlüpfte in ein Oberteil. Der Geruch kam mir vertraut vor, aber vielleicht redete ich mir das auch nur ein. Ich versuchte, mir vorzustellen, wie sich mein Vater in ihr bewegt hatte. Er schien nicht viel größer als ich gewesen zu sein. Die Hose musste ich nur einmal umschlagen.

Als mich später Edith darin sah, schaute sie mich fassungslos an.

»Zieh das sofort wieder aus«, sagte sie.

»Ich glaube nicht, dass es Nuuel gestört hätte, wenn seine Tochter seine Kleidung trägt«, sagte ich.

Darauf erwiderte Edith nichts und ließ mich im Flur stehen.

Für Wochen schloss sie sich im Bad ein. Ich bekam sie kein einziges Mal zu Gesicht.

38

Ich stand am offenen Fenster. Wieder gingen Leute über die Wiesen. Fast in Zeitlupe bewegten sie sich durch die Hitze. Sie hatten Hunde bei sich, aber es war kein Bellen zu hören. Eine seltsam dichte Stille lag über der Szenerie. Nacheinander verschwanden sie im Wald, nur die letzte Person verharrte und drehte sich in meine Richtung. Obwohl sie so weit entfernt war, hatte ich das Gefühl, sie schaute mich an. Ich traute mich nicht, mich zu bewegen. Auch die Person stand still. Es kam mir wie eine Ewigkeit vor, in der sich keiner von uns rührte. Erst als ein verzerrt klingender Ruf aus einer unbestimmten Richtung zu hören war, folgte die Person den anderen in den Wald.

39

Kurt stand bewegungslos in unserem Garten, so nahe am Pool, dass er, hätte er das Gleichgewicht verloren, hineingefallen wäre. Sein Kaninchenfellmantel glänzte satt im Sonnenlicht. Er trug keine Schuhe, die nackten Beine waren zerkratzt.
»Was willst du?«, rief ich, während ich auf ihn zukam.
»Levaiis Schwestern sind verschwunden«, sagte er mit ernstem Gesicht.
Ich blieb stehen.
»Was heißt, sie sind verschwunden?«
»Unauffindbar. Wie vom Erdboden verschluckt.«
»Seit wann?«
»Eggert hat ihr Fehlen gestern Morgen bemerkt. Bis zum Mittag hat er noch gewartet, dann hat er Levaii geschickt, den anderen Bescheid zu sagen. Jetzt suchen sie alles ab, aber es fehlt weiterhin jede Spur. Ich wollte dich warnen.«
»Sie denken, das Kind steckt dahinter?«
Kurt nickte.
Ich stöhnte. »Meisis hat nichts damit zu tun.«
»Solange du das nicht beweisen kannst, werden sie etwas anderes behaupten.«
»Wann werden sie kommen?«, fragte ich.
»Nicht vor Morgen. Die Suche ist noch nicht beendet.«
Er fummelte an seinem Mantel und zog eine Schachtel Zigaretten aus der Innentasche.
»Hab ich dir mitgebracht.«
»Was willst du dafür?«
»Nichts.«

Ich war überrascht. »Wirklich?«
Kurt nickte und drückte mir die Packung in die Hand.
Ich nahm mir eine Zigarette heraus.
»Willst du auch eine?«, fragte ich.
»Hab doch schon vor Jahren aufgehört.«
Ich zündete die Zigarette an und inhalierte den Rauch.
»Hätte ich das Kind nicht mitnehmen dürfen?«, fragte ich, nachdem wir eine Weile schweigend auf den Grund des leeren Pools gestarrt hatten.
»Wenn du es nicht aufgenommen hättest, wäre es schon tot.«
Ich schnipste die Asche von der Zigarette.
»Ob nun jetzt oder später, wo ist da der Unterschied?«
»Noch haben sie das Kind nicht geholt. Wer weiß, manchmal passieren noch unvorhersehbare Dinge.«
»Zum Beispiel?«
Kurt schwieg.
»Ich fahr zu Eggert«, sagte ich, drückte ihm die brennende Zigarette in die Hand und lief Richtung Haus.
»Meinst du wirklich, das ist eine gute Idee?«, rief mir Kurt hinterher.
»Das werden wir dann sehen«, rief ich zurück.

ICH ERGEBE MICH NICHT, DENN ICH HABE NICHTS ZU VERLIEREN.

40

Als ich auf Eggerts Hof fuhr, schlugen die Schäferhunde an. Neben dem Haus hing die Fahne auf Halbmast. Ich nahm den Leinenbeutel mit Göstas Zwiebeln und stieg aus. Im Haupthaus ging die Eingangstür auf, und Levaii trat heraus.
»Was willst du?«, rief sie, die Hand an der Klinke.
»Ich brauche Klamotten für das Kind. Ich kann euch Zwiebeln dafür geben«, sagte ich und hielt den Leinenbeutel hoch.
Levaiis Gesicht sah verweint aus.
»Du solltest besser gehen«, sagte sie.
Ich tat ahnungslos. »Ist alles in Ordnung?«
Ängstlich warf Levaii einen Blick über ihre Schulter.
»Was ist los?«, fragte ich. Eggert erschien hinter Levaii. Sein Blick verfinsterte sich, als er mich sah.
»Du!«, rief er. »Was fällt dir ein, dich hier auf meinem Hof blicken zu lassen!«
»Ich versteh nicht, was los ist«, sagte ich.
»Willst du mich für dumm verkaufen?«
Die Hunde hatten wieder zu bellen begonnen.
Levaii zupfte ihrem Vater am Ärmel.
»Vielleicht weiß sie es wirklich noch nicht«, sagte sie. Eggert stieg die Steintreppen hinab und kam humpelnd auf mich zu. Auf seinem kahlen Kopf glänzte der Schweiß.
»Was ist passiert?«, fragte ich.
»Meine Schwestern sind verschwunden«, sagte Levaii.
»Und ihr habt das zu verantworten«, sagte Eggert.
»Was heißt, sie sind verschwunden?«, fragte ich.
»Sie hat es wirklich noch nicht gehört«, sagte Levaii zu ihrem Vater, der auf dem großen Hof plötzlich verloren wirkte.

»Man hat ihre Autos verstreut in der Gegend gefunden«, sagte sie zu mir. »Und ihre Zimmer sind leer, als hätten sie nie drin gelebt.«
Sie stellte sich neben ihren Vater.
»Sie sind doch öfter in der Gegend zu Fuß unterwegs«, sagte ich.
Levaii schüttelte den Kopf. »Niemand hat sie gesehen.«
»Sie tauchen bestimmt wieder auf«, sagte ich.
»Willst du uns für dumm verkaufen«, schrie Eggert und drückte mich gegen den Pick-up. »Frag doch mal das Balg, das du im Wald gefunden hast, wieso meine Töchter nicht mehr da sind.«
»Ihr glaubt, Meisis steckt dahinter?«
»Wer sonst?«
»Aber Meisis war die ganze Zeit bei mir«, log ich.
»Das muss nichts heißen«, sagte er und verstärkte seinen Griff, sodass ich kaum noch Luft bekam.
»Lass sie los«, sagte Levaii und schob sich zwischen uns. Nur widerwillig ließ Eggert von mir ab. Ich rieb mir über den Hals.
»Seit Jahren leben wir hier friedlich, dann taucht das Wechselbalg auf und nun das. Wie kann das nichts miteinander zu tun haben, erklär mir das?«
Ich schwieg. Eggert wollte wieder einen Schritt auf mich zu machen, doch Levaii hielt ihn fest.
»Das bringt sie uns auch nicht wieder«, sagte sie zu ihm.
»Drei Tage hast du Zeit, das Kind an uns auszuliefern. Sonst hole ich es mir«, sagte er. Levaii zog ihn zurück zum Haus.
»Drei Tage«, wiederholte er.
Ich stieg in den Pick-up und beeilte mich, vom Hof zu fahren. Im Rückspiegel sah ich, wie sie mir nachschauten. Erneut be-

gannen die Schäferhunde zu bellen. Selbst als ich unser Haus erreichte, hatte ich noch das Gefühl, sie zu hören. In der Dämmerung verlor die Landschaft ihre Farbe.

Edith lauerte mir auf. Sie stand im Flur bereit, die Doggen an ihrer Seite. Erschöpft ließ ich die Tür hinter mir zufallen.
»Was hast du dir dabei gedacht, einfach zu verschwinden und das Kind hierzulassen?«, fragte sie.
»Wo ist Meisis?«
»Ich habe sie ins Bett gebracht. Sie hat die ganze Zeit nach dir gefragt. Wo bist du gewesen?«
»Levaiis Schwestern sind verschwunden«, sagte ich.
Edith schien nicht überrascht.
»Dann haben sie jetzt einen Grund?«
Ich trat auf sie zu.
»Was weißt du darüber?«, fragte ich.
»Ich?«
»Verheimlichst du mir etwas?«
»Ich habe gesehen, wie sie durch die Gegend gegangen sind.«
»Levaiis Schwestern?«
Sie schüttelte den Kopf. »Die, die sie gesucht haben. Ich wusste, etwas muss passiert sein. So nahe kommen sie unserem Haus ja sonst nie. Aber ich war mir nicht sicher. Ich dachte, vielleicht habe ich mir sie auch nur eingebildet. In der Dämmerung waren sie nicht klar zu erkennen.«
»Ich habe sie auch gesehen.«
Edith nickte. »Jetzt werden sie kommen, nicht wahr?«
»Ja. Ich kann nichts mehr tun.«
Für einen kurzen Moment glaubte ich, Edith würde einen Schritt auf mich zugehen. Sie hob den Arm, als wolle sie nach

mir greifen, doch dann ließ sie ihn abrupt sinken und blieb, wo sie war.

»Ich habe dir gesagt, dass es so kommen wird«, sagte sie.

BLEIBT UNS AM ENDE NUR DIE FLUCHT?

41

An Schlaf war nicht zu denken. Unruhig ging ich im Haus umher. Edith saß im Licht der Küchenlampe und unterstrich einzelne Sätze in dem Buch, das vor ihr auf dem Tisch lag. Sie schaute jedes Mal fragend auf, wenn ich in den Raum kam, doch ich wollte nicht mit ihr sprechen.
Als mir das Haus zu eng wurde, ging ich in den Garten und lehnte mich gegen den Pflaumenbaum. Die Rinde kratzte an meinem Rücken. Ich legte den Kopf in den Nacken und betrachtete die Zweige. Die Blüten waren vertrocknet. In den nächsten Tagen würden sie abfallen. Pflaumen würde es wieder keine geben.
Ich wollte in den Schuppen gehen und die Brennnesseljauche überprüfen, die ich vor Tagen angesetzt hatte, als ich etwas durch das Unterholz des Waldes brechen hörte. Ich zuckte zusammen und drehte mich um. Zwischen den Bäumen sah ich mehrere Rehe stehen. Zittrig, mit nass glänzendem, kupferfarbenem Fell und verdrehten Augen. Ich bewegte mich nicht, doch sie mussten mich gewittert haben, denn sie ergriffen die Flucht und stolperten zurück in den Wald. In einem Ruck wandte ich mich ab und ging in den Schuppen. Als ich mich nach den Eimern mit der Jauche unter der Werkbank bückte, fiel mir die Dose mit meinen Milchzähnen entgegen. Schwer lag sie in meiner Hand. Ich öffnete sie vorsichtig.
Lange starrte ich auf die zwanzig Zähne. Sie überlagerten sich mit dem Bild der flüchtenden Rehe.
Es würde ein Fest geben. Ich war mir sicher. Ich hatte einen Plan.

Ich ging nach oben in Meisis Zimmer. Sie schlief tief und fest.
Ich setzte mich zu ihr auf das Sofa und weckte sie.
»Hast du deine Milchzähne noch?«, fragte ich.
Verständnislos schaute Meisis mich an.
Ich packte sie bei den Schultern. »Sind dir schon einmal deine Zähne ausgefallen?«
Sie schüttelte den Kopf.
»Gut«, sagte ich, »dann schlaf jetzt weiter.«

ICH TRÄUMTE, EGGERTS TÖCHTER WURDEN IM WALD GEFUNDEN. SIE WAREN AUF EINER LICHTUNG EINGESCHLAFEN. SECHS MÄDCHEN, STERNFÖRMIG ANGEORDNET IM VON DER SONNE AUSGEBLICHENEN MOOS, HINTER DEN GESCHLOSSENEN LIDERN ZUCKENDE AUGÄPFEL, IHR SCHLAF SO DICHT WIE FRÜHER DER NEBEL.

ICH TRÄUMTE, SIE HATTEN EINEN NACHMITTAG LANG NAHE AM FLUSS QUITTENSCHNAPS GETRUNKEN, EINE FLASCHE NACH DER ANDEREN UND WACHTEN DESHALB NICHT AUF. SIE VERSCHLIEFEN GANZE TAGE UND BEMERKTEN NICHT, DASS SICH DAS LICHT VERÄNDERTE.

ICH TRÄUMTE, SIE HIELTEN SICH MIT ABSICHT VERSTECKT UND WOLLTEN, DASS MAN SIE SUCHTE.

42

Noch in derselben Nacht fuhr ich zu Gösta und Len. Im Haus brannte Licht. Ich klopfte, und Gösta ließ mich hinein. Sie trug ein weites Nachthemd, in dem ihr Körper fast verschwand.
Sie führte mich in die Küche. Len saß am Tisch und trug ihre Sonnenbrille nicht. Über ihrer Iris lag ein milchiger Schleier. Ihr Blick ging ins Leere. Ich drückte ihre Hand, und sie lächelte.
»Ich habe im Wald Rehe gesehen. Wird es ein Fest geben?«, fragte ich.
Gösta nickte.
»Und sie werden erst danach kommen, um das Kind zu holen, nicht wahr?«
»Du weißt doch, wieviel ihnen diese Feste bedeuten«, sagte Gösta und reichte mir ein Glas Wasser.
»Was hast du vor?«, fragte mich Len.
Ich verriet es ihnen nicht, denn ich wollte nichts riskieren.

Als die Brücke noch nicht gesprengt worden war, hatten sich oft Rehe und Wildschweine in die Gegend verirrt, auf ihrer Flucht fort von der Küste. Die Leute trieben sie mit ihren Hunden zusammen und erschossen sie auf offener Straße. Die jungen Mädchen legten die Gewehre an, so, wie sie es von ihren Vätern gelernt hatten. In den gefliesten Küchen schlachteten die Männer die Tiere, hängten sie zum Ausbluten auf den Verandas an die Balken, und in der darauffolgenden Nacht fanden sich alle auf der Festzeltwiese ein, bauten Pavillons auf, holten Bänke und Tische herbei und grillten das Fleisch.

Gegen Mitternacht, wenn es gar war, wurden die ersten Lieder angestimmt So saßen sie bis in den frühen Morgen zusammen. Auch die Kinder waren dabei, wenn ihnen die Augen zufielen, wurden sie von ihren großen Brüdern zu den Autos getragen und auf den Rückbänken schlafen gelegt.
»Weißt du, das waren die guten Tage«, hatte mir Gösta erklärt. »Damals gab es nichts, vor dem wir uns fürchteten.«

43

Ich stand im Schutz der Bäume und blickte zur Festzeltwiese. Die Pavillons waren bereits aufgebaut, die weißen Plastiküberzüge frisch gereinigt. Dazwischen rauchte ein Grill. Autos parkten durcheinander. Bierbänke wurden aufgestellt. Ich hörte ein paar Frauen grölen. Auf einem Klapptisch lag auf einem Wachstischtuch das gehäutete Wild. Blut tropfte ins Gras.

Etwas abseits, bei der befestigten Feuerstelle, hatten sich die Kinder versammelt und schichteten Zweige und Äste aus dem Wald auf. Ich konnte mich nicht gegen die Vorstellung wehren, dass sie beim Anzünden die Kontrolle verlieren würden. Vielleicht ein brennender Ast, der sich löste, hinausrutschte. Das Feuer würde sich in Sekunden ausbreiten. Lichterloh sah ich die Wiese brennen.

Aber die Kinder wussten es besser. Bevor sie das angezündete Streichholz in den Reisig schoben, stellten sie Eimer mit Sand bereit und tränkten den Boden mit Wasser.

Levke und Wolf lehnten an den Kanistern mit dem selbst gebrannten Quittenschnaps. In den Händen durchsichtige Plastikbecher mit der bräunlichen Flüssigkeit, mit der sie sich immer wieder zuprosteten.

Auch die Frau mit dem groben Gesicht war da. Sie stand etwas abseits, aber so, dass ihr nichts entging.

Mein Blick folgte den Hunden, die über die Wiese jagten. Nicht ganz entschieden, ob nun im Spiel oder im Ernst, stürzten sie übereinander und bleckten die Zähne.

Hinter der Szenerie war der Himmel violett verfärbt.

Früher hatten Len und Gösta mich manchmal mit zu diesen

Festen genommen. Doch ich hatte mich immer fehl am Platz gefühlt. Die anderen Erwachsenen straften mich mit abfälligen Blicken oder taten so, als wäre ich nicht da. Auch die Kinder sahen nur ab und zu herüber. Gösta und Len ließen mich zwischen sich sitzen und reichten mir etwas von dem Fleisch, wenn die anderen nicht schauten.

Je weiter diese Abende voranschritten, desto mehr wurde getrunken. Wenn der erste von der Bank kippte, hatte ich gewusst, dass ich lieber verschwand, vor allem, wenn sich Gösta und Len bereits auf den Heimweg gemacht hatten.

Einmal hatte ich es zu lange hinausgezögert. Eine Gruppe von halbstarken Mädchen kam auf die Idee, mich mit dem Schnaps aus ihren Bechern zu übergießen. Zu meinem Glück war nur eine von ihnen noch nicht betrunken genug, alle anderen verfehlten mich. Bevor ihnen etwas Neues einfiel, was sie mit mir anstellen konnten, machte ich mich aus dem Staub. Im Haus legte ich mich in die noch gefüllte Badewanne. Das Wasser war eiskalt. Ich verließ die Wanne erst, als ich meinen Körper nicht mehr spürte. Zu Edith verlor ich darüber kein Wort.

Je älter ich wurde, desto häufiger mied ich die Feste, bis ich irgendwann überhaupt nicht mehr dort auftauchte. Manchmal bemerkte ich noch den entfernten Feuerschein, wenn ich nachts durch den Wald ging, aber ich wahrte den Abstand.

Jetzt sah ich, dass sich seit damals nichts verändert hatte. Nur die Gesichter der Leute waren älter geworden. Gösta und Len konnte ich nirgends entdecken.

Mit erhobenem Kinn ging ich über die Wiese zu den Pavillons. Als die Leute mich bemerkten, verstummten sie. Ich schob mich an den Bänken vorbei bis zum Grill, wo Pesolt mit dem Rücken zu mir stand. Von der sich ausbreitenden Stille alarmiert, drehte er sich um.

»Sieh an, was für eine Ehre. Dich vermissen wir hier seit Jahren. Hast du das Kind auch mitgebracht? Der Grill ist heiß genug«, sagte er grinsend.
Ich sah ihn schweigend an.
»War nur ein Scherz.« Pesolt lachte. »Die Drei-Tage-Frist ist ja noch nicht um.«
»Es gibt eine Sache, die ihr nicht bedacht habt, bei eurer Behauptung, Meisis sei ein Wechselbalg«, sagte ich.
Levke und Wolf füllten sich ihre Becher auf und kamen näher. Aus einer anderen Richtung ertönte ein abfälliger Pfiff.
»So, so.« Pesolt drehte sich wieder zum Grill und wendete das Fleisch. »Wusste nicht, dass wir noch verhandeln.«
Die Leute grölten.
Mit erhobener Stimme sagte ich: »Jedem Kind in dieser Gegend sind die Milchzähne ausgefallen, in den Häusern stehen dafür die Beweise.« Ich machte eine Pause.
»Aber Wechselbälger verlieren ihre Zähne nicht. Ihr Gebiss bleibt immer das eines Kindes. Auch bei Edith ist es so gewesen.«
Bei der Nennung von Ediths Namen, verdunkelte sich Pesolts Gesicht.
»Wenn Meisis etwas Fremdes ist, so wie Edith, wird sie keinen Zahn verlieren«, sagte ich.
Von den Bierbänken erklang vereinzelt zustimmendes Murmeln. Ich fuhr mit meiner Rede fort.
»Das Kind ist genau in dem Alter, in dem sich der Zahnwechsel vollzieht. Wenn es also doch passiert, ist das ein Zeichen, dass es Teil der Gegend ist, so wie ihr.«
Triumphierend schaute ich zu Pesolt. Die Leute erhoben sich von den Bierbänken, um besser sehen zu können. Die Szene bot für sie eine willkommene Abwechslung. An Pesolts Blick

konnte ich erkennen, dass er mir nicht traute. Aber der Tumult, den meine Rede ausgelöst hatte, ließ sich nicht beruhigen. Das Warten darauf, ob einem Kind die Zähne ausfallen, stellte in Aussicht, dass es endlich wieder etwas gab, über das man sprechen konnte.

Nachdenklich wandte sich Pesolt zum Grill. Die heißen Kohlen trieben ihm den Schweiß ins Gesicht. Er fuhr sich über den Nacken, nahm mit einer Gabel das durchgebratene Fleisch vom Grill, stapelte es auf den bereitstehenden Tellern und packte neue, noch rohe Stücke auf den Rost. Ihr Fett zischte in der Hitze. Er drehte sich wieder zu mir und pulte mit dem Zinken der Gabel ein Stück Steak zwischen den Zähnen hervor und spuckte es mir vor die Füße. Die anderen hielten den Atem an: Gespannt warteten sie darauf, was Pesolt sagen würde.

»Und dein Vorschlag ist jetzt, dass wir uns gedulden? Für Monate, Jahre?« Er lachte. Die Leute stimmten ein.

»Die Zähne werden Meisis bald ausfallen«, sagte ich mit Nachdruck.

Pesolt wandte sich an die anderen. »Aber wir sind ja alle der Meinung, dass es sich bei Meisis«, er sprach ihren Namen mit Abscheu aus, »nicht um ein wirkliches Kind handelt. Was bedeutet, wir würden vergeblich warten, während dieses Balg weiter sein Unwesen treiben kann.«

Die Leute nickten.

»Gebt uns sechs Monate«, sagte ich. »Wenn bis dahin kein einziger ausgefallen ist, liefere ich das Kind an euch aus.«

»Sechs Monate sind ganz schön lang. Nicht auszumalen, was in dieser Zeit alles Schlimmes passieren könnte.«

»Vier Monate reichen auch aus«, sagte ich schnell, »ihr werdet sehen.«

Pesolt kam mir mit dem Gesicht ganz nahe. Ich konnte die geplatzten Äderchen in seinen Augen sehen.

»Wenn hier einer bestimmt, wieviel Monate Schonfrist du bekommst, bin ich das«, sagte er so leise, dass niemand es gehört haben konnte, und dann laut für die anderen: »Jetzt, wo ich so darüber nachdenke, ein Kind, auch wenn es nicht von hier ist, sollte nicht unschuldig sterben. Ich würde deshalb sagen, dass wir es für zwei Monate dulden. Aber wenn es dann keinen Zahn verloren hat, werden wir es holen, denn leichtsinnig sollten wir nicht werden, auch wenn wir dann vielleicht ein Kind auf dem Gewissen haben. Das verstehst du doch, oder?«

Ich wollte etwas darauf erwidern, wurde aber von Eggert unterbrochen, der nach vorne stürzte.

»Zwei Monate soll ich warten?«, rief er. Sein Mund war mit Bratenfett verschmiert, der Blick glasig.

»Was, wenn es dann für meine Töchter zu spät ist?«

Murrende Rufe aus den hinteren Reihen wurden laut.

»Meisis hat mit dem Verschwinden deiner Töchter nichts zu tun«, sagte ich. Eggert wollte mir mit der Faust ins Gesicht schlagen, doch ich wich ihm mühelos aus. Seine Bewegungen waren durch den Schnaps unkoordiniert und langsam. Er verlor sein Gleichgewicht und stürzte zu Boden. Die mit dem groben Gesicht löste sich aus der Menge und half ihm auf.

»Eggert hat Recht«, sagte sie. »Selbst zwei Monate sind zu riskant. Wir haben uns bei der Sprengung der Brücke geschworen, nie wieder jemanden aufzunehmen«, sagte sie und stellte sich neben Eggert.

»Ich verspreche euch, dass in den zwei Monaten nichts passieren wird«, sagte ich. Pesolt lachte. Die mit dem groben Gesicht sagte: »Es nur zu versprechen, ist nicht genug.«

Es wurde still. Gebannt waren alle Blicke auf uns gerichtet.

»Wenn es wieder einen Vorfall gibt, verlassen das Kind und ich die Gegend«, sagte ich.

Die Leute auf den Bänken begannen miteinander zu flüstern. Die Frau wollte etwas sagen, aber Pesolt schnitt ihr das Wort ab.

»Und Edith«, sagte er.

»Was?«

»Wenn wieder etwas passiert, muss auch Edith die Gegend verlassen.«

Ich spürte meinen Puls. Pesolt hielt wieder alle Fäden in der Hand. Vielleicht war es sogar das, worauf er die ganze Zeit hinausgewollt hatte.

Ich straffte die Schultern und sagte: »Ihr habt mein Wort.«

Pesolts Augen glühten. »Sag es richtig.«

Ich hob die Hand. »Sobald irgendetwas passiert, das hier nicht passieren darf, werden Meisis, Edith und ich die Gegend verlassen.«

»Nun gut«, sagte Pesolt. »Wir sind ja zivilisierte Menschen. Eggert, da stimmst du uns doch zu, oder?«

Alle wussten, dass es keine wirkliche Frage war. Eggert blieb nichts anderes übrig, als zu nicken.

Damit hatte Pesolt ein Machtwort gesprochen. Er beugte sich zu ihm und sagte: »Wenn das Kind schuldig ist, wird es seine gerechte Strafe erhalten. Dann wirst du auch deine Töchter wiederbekommen.« Er klopfte ihm auf die Schulter, und ich konnte sehen, dass er sich wie wahnsinnig freute, zwei Monate lang die Hetzjagd zu planen.

»Nun trinken wir aber endlich«, sagte er und griff sich seinen Becher, die anderen folgten seinem Beispiel.

»Auf die Gegend«, rief er.

»Auf unser Leben«, antworteten sie ihm und stürzten den Quittenschnaps mit vor Erregung verzerrten Gesichtern hinunter. Das Stimmengewirr setzte wieder ein. Ich wurde nicht mehr beachtet.
Eggert stand auf und torkelte zu mir.
»Ich bring das Balg schon vorher um, wenn du nicht aufpasst«, zischte er. Pesolt trat hinter ihn und legte einen Arm um die Schulter. »Lass gut sein, Eggert. Das Kind wird uns nicht durch die Lappen gehen.«
Eggert schüttelte ihn ab. »Seit wann bist du auf Skaldes Seite?«
»Schlaf erst einmal deinen Rausch aus. Du scheinst die Dinge nicht mehr klar zu sehen.«
Für einen Moment glaubte ich, Eggert würde sich auf Pesolt stürzen, doch er hob nur die Hand, murmelte etwas Unverständliches und torkelte zurück an seinen Platz.
Ich wollte mich davonstehlen, aber Pesolt drehte sich zu mir um und hielt mich fest.
»Ich warne dich, komm nicht auf die Idee, irgendeine Dummheit anzustellen, hörst du? Und Edith sollte uns auch nicht in die Quere kommen. Auch keine Spielchen mit den Hunden, verstanden? Sonst könnte es nämlich passieren, dass euer Haus aus Versehen Feuer fängt.«
»Ich hab's kapiert«, sagte ich.
Pesolt grinste und ließ mich los. »Dann ist ja gut.«
Ich sah zu, dass ich wegkam.

44

Im Bad lag Edith in der Wanne.
»Du riechst nach Rauch«, sagte sie, »wo bist du gewesen?«
Ich beugte mich über das Waschbecken und sah mir im Spiegel in die Augen. Ich versuchte ein Lächeln, doch es verrutschte.
»Das Kind ist jetzt sicher«, sagte ich und drehte mich um.
Sie runzelte die Stirn. Ich erzählte ihr vom Fest und was ich hatte aushandeln können. Edith griff nach ihren nassen Haaren, drehte sie zu einem Zopf und drückte das Wasser heraus. »Und was passiert, wenn Meisis die Zähne nicht ausfallen?«
»Das werden sie.«
»Wieso bist du dir da so sicher.«
»Sie ist im richtigen Alter.«
»Mir sind sie nie ausgefallen.«
Ich schwieg.
Edith sank zurück in die Badewanne. Wasser schwappte über den Rand und lief auf die Fliesen. »Für mich hört es sich so an, als hättest du nur wieder einen Aufschub ausgehandelt. Und selbst wenn Meisis die Zähne ausfallen, wird Pesolt sicherlich trotzdem einen Grund finden, warum du sie an ihn ausliefern musst.«
»Zwei Monate sind eine lange Zeit.«
Edith betrachtete die Wellen, die durch die Bewegung ihres Körpers entstanden.
»Hast du schon einmal darüber nachgedacht, dass es sein könnte, dass Levaiis Schwestern nicht verschwunden sind?«

»Wie meinst du das?«
»Vielleicht sind sie freiwillig von hier fortgegangen.«
»Wohin sollen sie gegangen sein?«
»Du glaubst doch nicht, dass sie sich einfach so in Luft aufgelöst haben.«
»Irgendeine logische Erklärung wird es geben. Aber sie haben die Gegend sicher nicht freiwillig verlassen.«
»Wieso bist du dir da so sicher?«
»Das wäre lebensmüde. Nur noch hier in der Gegend ist es sicher.«
»Wenn du meinst«, sagte Edith. Wir vermieden es, einander anzusehen. Schwer stand unser Schweigen zwischen uns.

»Du musst deine Zähne verlieren«, sagte ich am Abend zu Meisis. Wir saßen am Küchentisch und aßen eine dünne Zwiebelsuppe.
»Wenn sie dir ausfallen, kannst du hierbleiben, im Haus. Mit mir und Edith.«
Meisis senkte den Kopf und drehte den Löffel auf der Tischplatte.
»Und wenn sie mir nicht ausfallen?«
»Die Zähne werden dir ausfallen«, sagte ich entschieden.
Meisis nickte, doch sie schien etwas anderes zu beunruhigen.

45

Die Erinnerungen an die Zeit nach dem Fest haben etwas Flirrendes.
Ich begann, Meisis das Land zu zeigen. Jeden Morgen, noch bevor die Sonne aufging, weckte ich sie. Wir aßen ein karges Frühstück aus getrockneten Wurzeln, manchmal ein paar Nüsse, dann gingen wir los.
Ich zeigte ihr immer ein anderes Stück der Gegend. Den Pickup benutzten wir kaum. Ich hatte das Gehen vermisst, und ich wollte mich nicht an die Straßen halten müssen.
In diesen frühen Stunden war es draußen noch auszuhalten. Wir rasteten kaum und waren in ständiger Bewegung. Wenn es am Vormittag so heiß wurde, dass der Teer auf der Straße schmolz, lagen wir nur noch im Schatten.
Stundenlang lief ich mit ihr durch die Gegend und erklärte ihr die Details. Ich zeigte auf umgestürzte Bäume, die Landlinie am Horizont, Ackersenf, echtes Eisenkraut, Moschus Malve. Wie die Feldsteine zu unverrückbaren Formationen gestapelt waren. Drei einsame Birken auf offenem Feld. Die leuchtend orangenen Vogelbeeren und der sandige Boden.
Ich tat, als gäbe es nichts mehr zu befürchten.

Wenn die Sonne noch höher stieg, machten wir uns auf den Rückweg. Wir flüchteten ins Haus. Gegen die Hitze hängte ich in den Räumen nasse Tücher auf, doch selbst das half kaum. Die Vorhänge ließen wir den ganzen Nachmittag geschlossen und dösten im Dämmerlicht vor uns hin.

Abends, wenn ich Meisis ins Bett brachte, sprach sie die Namen der Pflanzen, die ich ihr gezeigt hatte, leise vor sich hin, bis sie eingeschlafen war.
»Du solltest aufhören, ihr Dinge beizubringen, die sie nicht gebrauchen kann, am Ende machst du ihr falsche Hoffnungen«, sagte Edith, aber ich hörte nicht auf sie.

Während unserer Streifzüge fiel mir auf, dass alles noch trockener geworden war. Die Wiesen und brachliegenden Felder erinnerten mich an die Beschreibungen von Steppen, die Edith mir früher einmal vorgelesen hatte.
Das gelbbraune Gras, die fast blattlosen Büsche und Bäume. Scharfkantig schnitten ihre Äste in den blauen Himmel.
Dann wieder ganze Heckenzüge, die blühten. Schon von Weitem rochen wir sie. [Die Idylle hatte etwas Brutales.] Der Geruch drückte sich gegen meine Stirn und ließ mich schwindeln.
Auch kam mir die Landschaft stiller vor. Die Luft stand unbewegt. Das vibrierende Zirpen der Insekten schien in die Wiesen gesickert zu sein.
Trotz allem ging ich noch immer davon aus, dass es nur eine Frage der Zeit wäre, bis dieser endlose Sommer ein Ende finden würde. Oft stellte ich mir vor, wie ich Meisis eines Tages durch das nebelverhangene Land führte. Ich sah uns in zwei identischen Regenjacken über nasse Wiesen laufen, der blaue Himmel hinter dicken Wolken verborgen. Das Licht stumpf, Büsche und Bäume im satten Dunkelgrün. Von ihren Zweigen tropfte es.
Noch heute finde ich dieses Bild in meinen Träumen.

46

Am liebsten ging Meisis mit mir in den Wald.
Manchmal lagen wir für Stunden zwischen den Kiefern auf dem Boden und bewegten uns nicht. Fast fühlte es sich so an, als würden wir in der Landschaft versinken. Ich stellte mir dann vor, wie es wäre, nie wieder aufzustehen. Wie lange würde es dauern, bis unsere Körper nicht mehr von der Umgebung zu unterscheiden wären?

Möwen fanden wir nicht. Sie stürzten längst nicht mehr so oft aus dem Himmel wie früher. Ich erzählte Meisis, wie ich mich als Kind im Wald immer auf die Suche nach ihnen gemacht hatte. Meist wurde ich fündig, wenn der Wind aus Norden kam. Was ich Meisis nicht verriet, war, dass ich die Möwen vor Edith verstecken musste. Als sie mich einmal dabei erwischte, schlug sie mich grün und blau. Auch Hunger war für sie kein Argument, die Vögel zu essen.

Bevor wir in den Wald gingen, bat mich Meisis jedes Mal um ein Stück Zwieback. Bei unseren Streifzügen legte sie es auf einen Baumstumpf, nicht weit von unserem Haus. Als ich sie danach fragte, sagte sie: »Für die Tiere.«
Ich hielt sie nicht davon ab, obwohl ich mir sicher war, dass der Wald so leer war, als hätte man ihn umgedreht und alles Lebendige herausgeschüttelt.

Kurz darauf wurde ich eines Besseren belehrt. In einem dornigen Schlehenstrauch fanden wir eine Katze. In ihrem Fell Kletten, sie fauchte laut, als wir die Zweige zur Seite schoben.

Alle Katzen waren aus den Häusern verschwunden, kurz nachdem die Brücke gesprengt worden war, das hatte mir Len erzählt. Auch mit Tellern, die randvoll mit Milch gefüllt waren und die die Leute draußen vor die Tür stellten, ließen sie sich nicht locken, sie blieben in den Wäldern. Bis zu diesen Tagen hatte ich geglaubt, sie wären alle längst umgekommen.

»Lass dich nicht beißen«, sagte ich zu Meisis. In gebückter Haltung näherte sie sich der Katze und rief lockend nach ihr.

Zu meinem Erstaunen hörte die Katze auf, einen Buckel zu machen. Meisis hockte sich vor sie, und sie drückte ihren Kopf gegen ihre Hand.

»Komm jetzt«, sagte ich und zog sie weiter. Die zahme Katze war mir nicht geheuer, und ich wollte so schnell wie möglich aus dem Wald rauskommen, aber sie folgte uns und strich maunzend um Meisis Beine.

»Können wir sie nicht mitnehmen?«, fragte sie.

Ich schüttelte den Kopf.

»Sie stirbt sicher bald«, sagte ich, ohne Meisis dabei anzusehen. »Sie gehört in kein Haus.«

47

Edith schlief nicht mehr den ganzen Tag. Stattdessen lag sie auf dem Sofa und las. Ansprechbar war sie trotzdem kaum.
Einmal fand ich sie am Küchentisch, vor sich drei aufgeschlagene Bücher. Die Seiten waren zerschnitten, dort, wo sich früher die Bilder vom Meer befunden hatten. Das Haar fiel ihr ins Gesicht, es glänzte frisch gekämmt. Ich beugte mich über sie.
»Warum schleichst du dich so an!«
»Was liest du da?«, fragte ich.
»Ach, nichts.« Edith schlug die Bücher zu.
»Aha.«
»Ich war am Fluss«, sagte Edith.
»Du hast das Grundstück verlassen?«, fragte ich.
Sie nickte, griff in ihre Manteltasche und legte einen schmalen Goldring vor sich auf das dunkle Holz des Tisches.
»Kommt er dir bekannt vor?«
Ich schüttelte den Kopf und fragte: »Worauf willst du hinaus?«
Eindringlich sah Edith mich an. »Ich bin mir jetzt fast sicher, dass Levaiis Schwestern freiwillig gegangen sind.«
Ich setzte mich Edith gegenüber. »Und das erkennst du an einem Ring?«
»Sie wollten etwas zurücklassen. Wer kann es ihnen verübeln.«
Spöttisch verzog ich den Mund.
»Das glaubst du doch nicht wirklich, oder?«
»Wer sonst sollte freiwillig seine Goldringe am Ufer zurücklassen? Erklär mir das.«

»Und jetzt soll ich mit dem Ring zu Pesolt rennen, als Beweis, dass Meisis unschuldig ist? Er wird mich auslachen.«
»Das habe ich nicht gemeint.«
»Wozu dachtest du, soll der Ring sonst gut sein?«
Edith schwieg. Ihr Blick war abweisend.
»Stimmt, warum mische ich mich überhaupt ein. Ich habe das Kind nicht aufgenommen. Mir kann es egal sein, was mit ihm passiert.«

IN MEINEM KOPF SEHE ICH EDITH, UM SIE HERUM DIE DUNKELHEIT SO SATT WIE IHR MANTEL, UND NUR IHR GESICHT WIRD VOM LICHT DER KÜCHENLAMPE ERHELLT.
ICH STEHE VOR IHR, UND ÜBER DAS ZERKRATZTE HOLZ DES TISCHES SCHIEBT SIE MIR SECHS GOLDRINGE ENTGEGEN, IMMER WIEDER DIESELBE SZENE, EINE ENDLOSE WIEDERHOLUNG, BIS ICH MICH VORBEUGE UND MIR DIE RINGE AN DIE FINGER STECKE, DIE HÄNDE MIT DOPPELTEM GEWICHT.

48

WIR HABEN DAS WASSER GESEHEN. DAS KIND WAR OHNE
FURCHT.
ES SCHEINT VOR NICHTS ANGST ZU HABEN.

Ich zeigte Meisis auch den Fluss. Wir gingen am steinigen Ufer entlang und erreichten nach kurzer Zeit die Überreste der Betonbrücke. Staunend blieb Meisis stehen. Auch mir fiel zum ersten Mal auf, wie unwirklich das Ganze aussah. Die Enden der Brücke ragten ins Leere. Darunter das tiefe Wasser, eine starke Strömung. Das andere Ufer weit entfernt.
»Können wir da raufgehen?«, fragte Meisis. Ich blickte mich um, niemand war zu sehen, und ich nickte. Wir kletterten nach oben und liefen zur Straße, die auf die Brücke zuführte. In den Rissen im Asphalt wuchs Unkraut. Einige Stellen waren rußig, größere und kleinere Steinbrocken lagen herum. Ohne Scheu ging Meisis weiter. Ich folgte ihr. Bevor sie sich noch weiter an den Rand vorwagen konnte, hielt ich sie am Kragen fest.
»Wenn du fällst, bist du verloren«, sagte ich. »Ove, Pesolts erste Frau, ist genauso umgekommen.«
Nur widerwillig machte Meisis ein paar Schritte zurück.
Ich erinnerte mich an den Unfall wie an eine Geschichte aus Ediths Büchern. Eines Nachts war Ove bis zur Brücke geschlafwandelt und dort abgestürzt. Die Leute haben später erzählt, sie hätten Ove in ihren Vorgärten unter den Holundersträuchern stehen sehen, nur in ihrem Nachthemd. Doch wenn sie nach draußen getreten seien, sei Ove bereits weiter-

gegangen gewesen, und nichts habe mehr darauf hingedeutet, in welche Richtung sie verschwunden war.
Am nächsten Tag hat Kurt sie gefunden. Es ist ihnen gerade so gelungen, sie aus dem Fluss zu bergen.
Die Bilder, in denen ich mir dies vorstelle, haben ausgeblichene Farben. Ich war zehn, vielleicht elf, als sich der Unfall ereignete. Noch gut erinnere ich mich daran, dass die Leute für Monate schwarz trugen und alle Blumen aus ihren Gärten schnitten und zu Oves Grab brachten.
In einer der ersten Nächte nach Oves Tod kam Pesolt zu unserem Haus gefahren und parkte sein Auto mit laufendem Motor und eingeschalteten Scheinwerfern in der Einfahrt. Das Licht fiel durch die Vorhänge und erhellte das Innere. Ich kauerte unter der Treppe bei den Doggen. Edith saß im Schneidersitz im Wohnzimmer auf dem Sofa.
Irgendwann stieg Pesolt aus und brüllte vor dem Haus: »Was hast du ihr ins Ohr geflüstert, du verfluchte Frau.« Daraufhin sprang Edith auf, stürzte an mir vorbei durch den Flur, riss die Haustür auf und stand im gleißenden Licht der Scheinwerfer.
»Unterstellst du mir wirklich, dass ich für den Tod deiner Frau verantwortlich bin?«, rief sie, am ganzen Körper zitternd. Darauf folgte eine tiefe Stille. Dann fluchte Pesolt, stieg zurück in sein Auto und fuhr davon.
Edith ließ die Tür hinter sich zufallen und ging in die Küche. Ich folgte ihr. Sie hatte sich an den Küchentisch gesetzt, und zum ersten Mal ließ sie mich ihren Schmerz erahnen. Einem Reflex folgend berührte ich sie. Edith hob den Blick und schaute mich an. In einer blitzschnellen Bewegung packte sie mich und rammte mir ihr Messer in die Hand. Ich war so überrascht, dass ich im ersten Moment keinen Schmerz

spürte. Ein einzelner Blutstropfen rann hinab. Beiläufig zog Edith die Klinge wieder heraus.

»Das braucht einen Druckverband«, sagte sie, wischte das Messer an ihrem Mantel ab und ging hinaus. Ich schaute auf die Wunde, die stark zu bluten begann. Es war, als wäre es nicht meine Hand. Aus der Schublade des Küchenbuffets nahm ich mir ein Geschirrhandtuch und wickelte es fest um die Verletzung. Ich fühlte mich benommen und musste mich am Fensterbrett abstützen. Von dort sah ich, wie Edith aus der Hintertür trat, sich aus dem Schuppen die Axt holte und begann, Holz zu hacken, das wir nie brauchen würden.

Dass Pesolt sie beschuldigte, Ove umgebracht zu haben, konnte Edith ihm nie verzeihen.

Von Kurt erfuhr ich später, dass Ove schon als Kind regelmäßig nachts verschwunden war. Einmal hatte Pesolt sie am nächsten Tag in der Kiesgrube gefunden. Bewegungslos hatte sie auf einem flachen weißen Stein gestanden, der die Mitte der Grube markierte.

Ein anderes Mal hatten Wolf und Levke sie gegen Mittag in einer verlassenen Scheune entdeckt. Sie lag dort im Stroh und schlief mit offenen Augen, in der Hand die knöchernen Überreste einer Maus.

Schon in ihrer Kindheit hatte Ove Dinge getan, an die sie sich danach nicht mehr erinnern konnte. Mit dem Schlafwandeln hatte sie angefangen, nachdem die Brücke gesprengt worden war, auch wenn niemand einen Zusammenhang sehen wollte.

Nachdem Ove und Pesolt geheiratet hatten, schien es ihr für eine Zeit besser zu gehen, doch als sich das Wetter zu verschieben begann, kamen die Anfälle zurück.

Einmal war sie zu unserem Haus gekommen und hatte so-

lange geklopft, bis Edith sie hereinließ. Aus meinem Versteck unter Treppe beobachtete ich, wie sich die beiden Frauen im Flur gegenüberstanden. Edith in ihrem schwarzen Kaninchenfellmantel, dicke Wollsocken, die hellen Haare zu einem Knoten gedreht, den Rücken durchgedrückt. Ove mit Wollmütze, schmutzigen Gummistiefeln, einer weiten Jeans und in einer gelben Regenjacke, von der das Wasser tropfte und am Boden eine Pfütze bildete. Sie hatten, jede auf ihre Art, unerschrocken ausgesehen.
»Ich habe gehört, du nähst Mäntel?«, fragte Ove und hielt ihr die Hand hin. Edith verschränkte die Arme vor der Brust. Ihr war anzusehen, dass sie glaubte, Ove erlaube sich einen Scherz mit ihr.
»Warum?«, fragte sie.
Ove lachte.
»Ich würde gerne einen haben.«
»Was bekomme ich dafür?«
»Uns sind zwei Hunde zugelaufen. Deutsche Doggen. Mein Mann will sie nicht. Ich würde sie dir geben.«
»Was soll ich mit Hunden?«
»Ich dachte, du hast ein Händchen für sie. Als du hergekommen bist, sind sie dir doch – «
Edith fiel ihr ins Wort. »Und du willst einen Mantel?«
»Ja, einer genügt.«
Edith nickte. »Ich gehe sie holen.«
Ove drehte sich zu mir. Ich drückte mich tiefer in den Schatten der Treppe. Sie lächelte mir zu, doch ich war so verängstigt, dass ich mich nicht rührte.
Edith kam zurück und führte Ove in die Küche. Durch die offene Tür sah ich, wie sie die Mäntel auf dem Tisch ausbreitete. Nach längerem Betrachten entschied sich Ove für einen

mit weiten Ärmeln und einem Saum, der bis auf den Boden reichte.
»Die Hunde sind im Auto. Ich hole sie«, sagte sie und verschwand.
Wartend ging Edith im Flur auf und ab.
Mit den Hunden auf dem Arm kam Ove wieder herein. Sie setzte die Welpen auf den Boden. Fiepend liefen sie auf Edith zu, die sich hingehockt hatte und ihnen ihre Hand hinhielt.
»Gefallen sie dir?«
Edith nickte. Die beiden Frauen gaben sich die Hand und Ove verließ mit dem Mantel das Haus.
Ein paar Mal kam sie danach noch zu uns. Sie und Edith zogen sich dann in die Küche zurück, wo sie flüsternd miteinander sprachen. Ich lauschte an der Tür, doch ich konnte kein einziges Wort verstehen.

Meisis blickte noch einmal über den Rand auf das Wasser, bevor wir gemeinsam von der Brücke stiegen. Unten am Ufer versuchte ich ihr zu zeigen, wie man Steine flippt, doch die Wellen waren zu hoch, und sie gingen einfach unter.
»Was ist auf der anderen Seite?«, fragte Meisis.
Ich blickte hinüber. Die Entfernung schien unüberwindbar. Das Wasser sah bedrohlich aus. Vom Ufer zog es immer wieder Steine mit sich. Doch drüben wuchsen die gleichen Sträucher und noch weiter entfernt begann ein Kiefernwald.
»Das ist ein anderes Gebiet. Wenn man lang genug läuft, erreicht man das Meer. Aber es ist nicht sicher dort drüben«, sagte ich.
»Wieso ist es dort nicht sicher?«, fragte Meisis.
»Dort gibt es keine Häuser mehr, nichts, wo du Schutz suchen könntest, keine Vorräte und niemanden, der dir hilft.«

Die Antwort schien Meisis nicht zufriedenzustellen, noch immer starrte sie unverwandt zur anderen Seite.
»Zeig mal deine Zähne«, sagte ich schnell und drehte ihr Kinn zu mir. »Wackelt irgendeiner?«
Mit der Zunge tastete Meisis ihr Gebiss ab. Sie schüttelte den Kopf.
Ich warf einen Stein. Er ging unter wie ein abgeschossener Vogel.
»Wir sollten zurückgehen«, sagte ich und griff nach ihrer Hand. Gemeinsam stiegen wir die Böschung nach oben. Meisis drehte sich noch einmal nach dem Fluss um und winkte ihm zum Abschied.

49

Einmal war mir, als hätte ich Meisis nachts durch den Garten laufen sehen, barfuß, das Gesicht in der Dunkelheit verborgen. Dann verschluckten sie die Schatten. Ich vergaß es wieder, im Glauben, ich hätte mir ihren roten Haarschopf nur eingebildet, stieg auf den Dachboden und schlief ein. Das Bild verlor sich in einem Traum.
Erst viel später sollte ich mich wieder daran erinnern.

Einige Tage später bemerkte ich an Meisis Handgelenk einen von Ediths Perlmuttarmreifen. Ich hielt sie fest und sagte: »Sie mag es nicht, wenn andere ihren Schmuck tragen, lege ihn lieber zurück, bevor sie es bemerkt.«
Meisis machte sich aus meinem Griff los.
»Sie hat ihn mir geschenkt«, sagte sie.
»Das hat sie nicht.«
Meisis nickte. »Ich durfte mir etwas aussuchen.«
»Nimm ihn nicht mit nach draußen, dort verlierst du ihn nur«, sagte ich.
Mir hatte Edith immer verboten, etwas aus ihrer Schatulle zu nehmen, und gedroht, die Reifen des Pick-ups zu zerstechen, sollte sie mich einmal mit ihrem Schmuck erwischen.
Später, ich grub gerade ein neues Stück Garten für das Kartoffelfeld um, kam Meisis zu mir und wollte helfen.
»Ich brauche keine Hilfe«, sagte ich und wandte ihr den Rücken zu. Meisis verzog sich unter den Pflaumenbaum und spielte dort mit den Bauklötzen. Aus dem Augenwinkel sah ich, dass sie immer wieder den Kopf hob und zu mir schaute, aber ich tat, als fiele es mir nicht auf.

Am Abend kam Edith in die Küche, nahm sich von der Suppe, die ich gekocht hatte und setzte sich zu uns an den Tisch.
»Was ist los?«, fragte ich sie.
»Darf ich nichts essen?«
»Du isst nie etwas.«
»Natürlich tue ich das.«
»Ich sehe dich aber nie dabei.«

»Du hast ja deine Augen auch nicht überall.«
Meisis reckte sich auf ihrem Stuhl. »Ich habe Edith schon oft essen gesehen«, sagte sie.
»Ach ja, was isst Edith denn so?«, fragte ich und beugte mich zu Meisis über den Tisch.
»Kartoffeln, Fleisch...«
Edith grinste. »Siehst du.«

Meisis schlief an diesem Abend sofort ein. Alle Viere von sich gestreckt, lag sie auf dem Schlafsofa, tief atmend. Ich betrachtete ihr argloses Gesicht, beugte mich vor und zog den Armreif vorsichtig von ihrem Handgelenk. Leise verließ ich das Zimmer, stieg die Treppe nach unten und ging in den Garten. Ich bahnte mir einen Weg durch das hohe Gras bis zur Brombeerhecke und trat in den Wald. Im hellen Mondlicht fiel es mir nicht schwer, den Baumstamm zu finden, auf den Meisis immer den Zwieback legte. Ich platzierte den Armreif mittig auf der geraden Schnittfläche und lief zurück zum Haus.

Am nächsten Tag suchte Meisis den Armreif.
»Als ich gestern eingeschlafen bin, hatte ich ihn noch«, sagte sie. Auch Edith fragte sie. Ich hatte fest damit gerechnet, dass Edith ungehalten reagieren würde, doch sie hörte Meisis kaum zu, starrte stattdessen nach draußen in den Garten, wo der Pool unverändert in die Landschaft schnitt. Ohne den Blick abzuwenden sagte sie Meisis, dass sie sich einfach etwas Neues aussuchen solle.
In der Nacht ging ich zurück zu der Stelle im Wald. Doch der Armreif war nicht mehr da. Ich schaute auch auf dem Boden, schob Äste beiseite und tastete das Moos ab, doch auch dort fand ich ihn nicht.

51

Am nächsten Morgen sah ich, wie Edith mit Eimer, Lappen und Seife durch den Garten ging. Ich dachte mir nicht viel dabei, machte Meisis Frühstück und legte mich noch einmal hin.
Als ich gegen Mittag aufstand, hatte Edith den Pool gesäubert. Leuchtend blau lag er im grellen Licht. Dagegen war das hochstehende, vertrocknete Gras fast farblos. Mit dem Gartenschlauch ließ Edith Wasser hinein. Sie trug ihren Pelzmantel, darunter ein graues Satinkleid und goldene Ohrringe mit Versatzstücken aus Perlmutt. Nur ihre von der Hitze aufgesprungenen Lippen rutschten aus dem Bild. Zu ihren Füßen kauerte Meisis. Unverwandt schaute sie auf das einlaufende Wasser. Nahe bei ihnen dösten die Doggen im Schatten.
»Großartig, nicht wahr?«, fragte Edith, als ich durch den Garten auf sie zusteuerte. Ich stellte mich neben sie. Meisis hob nur kurz den Blick.
»Ich bringe ihr das Schwimmen bei«, sagte Edith und schob die Ärmel ihres Mantels nach oben. Die Sonne stand senkrecht am Himmel. Die Luft wie eine zähe Masse. Ich fühlte mich benommen.
»Wozu soll das gut sein?«, fragte ich und wischte mir den Schweiß von der Stirn.
Edith verzog den Mund. »Dir habe ich es doch auch beigebracht.«
»Und was hatte ich davon? Die anderen Kinder fanden mich nur noch skurriler.«
»Meisis will es aber gerne lernen«, sagte Edith.
Für einen Moment hatte ich sehr klar vor Augen, wie ich

Ediths Kopf in dem halb gefüllten Pool unter Wasser drückte. Aus meinem Griff würde sie sich nicht lösen können. Wie lange dauerte es, bis man ertrank?
»Stimmt das?«, fragte ich Meisis.
»Es ist so warm«, antwortete sie. Ich presste die Lippen zusammen.
Edith drehte sich zu ihr. »So, jetzt rein mit dir.«
Meisis stand auf und schaute in den Pool. Auf der Wasseroberfläche lagen bereits ein paar tote Fliegen.
»Nur keine Scheu«, sagte Edith. Langsam stieg Meisis die Stufen hinunter. An dieser Stelle reichte ihr das Wasser bis zu den Knien.
»Ich habe Angst«, sagte sie und blieb stehen.
»Aber wieso denn?«, fragte Edith.
»Es fühlt sich komisch an.«
»Du musst in die Mitte gehen«, sagte Edith, aber Meisis blieb, wo sie war. Ich grinste. Edith drehte sich zu mir.
»Und wenn du mit reingehst?« Ihre Stimme war plötzlich ganz weich. Ich wusste nicht, wann sie mich das letzte Mal um etwas gebeten hatte.
»Na gut«, sagte ich, stieg aus Hose und T-Shirt und in den Pool. Als ich Meisis erreichte, klammerte sie sich an mich. Im Wasser war sie viel leichter als sonst.
Ich sah Edith an. »Und jetzt?«
»Ihr müsst euch bewegen wie ein Frosch, hast du das etwa vergessen?« Sie machte es uns vor.
»Eigentlich müsstest du doch hier im Pool stehen«, sagte ich, ging aber mit Meisis tiefer hinein, der Boden senkte sich ab. Das Wasser reichte mir bis zu den Schultern.
»Untertauchen?«, fragte ich leise. Sie nickte.
»Drei, zwei, eins.«

Ich zog unser Gewicht unter Wasser und atmete aus. Luftblasen stiegen nach oben. Ich kämpfte gegen den Auftrieb an. Wie lange dauerte es, bis man ertrank?
Meisis Griff wurde fester. Ihre Fingernägel schnitten mir in die Haut. Mein Brustkorb zog sich zusammen. Alles, was ich hörte, war mein eigener Herzschlag.
Meisis versuchte, zurück an die Oberfläche zu gelangen, aber ich ließ sie nicht los. Unter Wasser zu bleiben, schien mir mit einem Mal vollkommen logisch. Ich schloss die Augen.
Hände packten uns und zogen uns nach oben. Meisis keuchte. Ihre Augen waren rot. Edith löste sie aus meinen Armen und hob sie aus dem Pool. Von ihrem Pelz tropfte das Wasser. Zitternd hockte sich Meisis ins Gras.
Ich biss mir so fest auf die Unterlippe, dass ich Blut schmeckte und stieg aus dem Pool.
»Was hast du dir dabei gedacht?«, fragte mich Edith.
»Ich hab das Schwimmen wohl verlernt.«
Meisis sah zwischen uns hin und her. Wasser perlte von ihren Haaren.
»Ich hab es mir doch anders überlegt, ich will es nicht mehr lernen«, sagte sie, stand auf und lief zum Haus. Die Doggen folgten ihr, als müssten sie Meisis vor uns beschützen.

DAS WASSER IM POOL SPIEGELT DEN HIMMEL,
DIE OBERFLÄCHE WIRKT STABIL, UND TROTZDEM
HABE ICH DEN HALT VERLOREN.

52

Ich saß auf dem Wannenrand, während sich Meisis auf dem Hocker stehend vor dem Waschbecken die Zähne putzte. Ich ließ sie dabei nicht aus den Augen, und als sie fertig war und an mir vorbei aus dem Badezimmer gehen wollte, hielt ich sie fest und packte sie beim Kinn.
»Hast du deine Zähne überprüft?«, fragte ich. Meisis schüttelte den Kopf. Ich schob sie zurück zum Waschbecken und stellte sie wieder auf den Hocker. Sie beugte sich so weit vor, dass ihre Nase fast den Spiegel berührte und tastete jeden Zahn ab, doch keiner wackelte. Sie ließ die Hände sinken und schaute sich ausdruckslos in die Augen. Plötzlich kam sie mir viel älter vor. Ich musste den Blick abwenden.

In ihrem Zimmer öffnete ich das Fenster, Meisis rollte sich auf dem Bett zusammen. Ich setzte mich zu ihr. Vom Flur fiel Licht in den Raum, aber ihr Gesicht lag im Schatten.
Sie griff nach meiner Hand.
»Wird es wehtun, wenn ich meine Zähne verliere?«, fragte sie.
»Wenn es soweit ist, lassen sie sich so einfach herauslösen wie die Knochen aus dem Kaninchen, nachdem wir es den ganzen Tag gekocht haben«, antwortete ich.
»Aber das Kaninchen ist tot, wenn das passiert.«
»Du musst wirklich keine Angst haben.«
»Warum hat Edith ihre Milchzähne noch?« fragte sie und setzte sich auf.
»Ich weiß nicht.«
»Was ist, wenn sie mir auch nicht ausfallen?«

Ich deckte Meisis zu. »Schlaf jetzt, es ist schon spät.«
»Kannst du heute hierbleiben?«, fragte sie.
Ich nickte und holte meine Decke vom Dachboden.

Meisis' unruhiger Schlaf färbte auf mich ab. In meinem Rücken spürte ich die kühle Wand. Ich versuchte, die Augen geschlossen zu halten, aber es gelang mir nicht. Meisis setzte sich im Bett auf. Tastend griff sie nach mir.
»Schlaf weiter«, sagte ich und versuchte, sie zurück auf die Matratze zu drücken, aber Meisis schüttelte den Kopf.
»Mir ist so warm«, flüsterte sie.
Ich reichte ihr die Wasserflasche vom Nachtisch. Mit nur halb geöffneten Augen drehte sie den Verschluss auf und trank in großen, hastigen Schlucken.
»Ich habe geträumt, Edith ist verschwunden«, sagte sie, »wir haben überall gesucht, aber noch nicht einmal ihren Mantel gefunden.«
»Edith verschwindet nicht«, sagte ich.
»Bist du dir sicher?«
»Sie schläft auf dem Sofa wie sonst auch.«
»Kannst du nachgucken?«
»Das ist wirklich nicht nötig.«
»Bitte.«
Stöhnend stand ich auf und tastete mich in der Dunkelheit zur Tür.
»Versuch, wieder einzuschlafen.«
Im Flur flackerte das Deckenlicht. Barfuß lief ich über die Dielen.
Das Wohnzimmer war verwaist. Dort, wo Edith sonst lag, war im Sofa eine Kuhle. In der Küche stand ein halbleeres Glas Wasser auf dem Tisch.

Ich stieg die Treppe wieder nach oben und hielt am Fenster inne. Auf dem Sims drei tote Fliegen. Ihre schwarzen, panzerartigen Körper waren vertrocknet. Ich war versucht, sie mit dem Daumennagel zu zerdrücken. Stattdessen blickte ich nach draußen, wo der Pick-up im Licht des Mondes stand. Im Inneren saß Edith. Ich machte auf dem Absatz kehrt.
Draußen war die Luft so stickig wie drinnen. Langsam lief ich über den Sandweg zum Pick-up.
Edith saß mit starrem Blick hinter dem Steuer, die Hände im Schoß. Ich öffnete die Tür und schob mich auf den Beifahrersitz. Aus den Lautsprechern des Autoradios kam ein leises Knistern.
»Meisis sucht dich«, sagte ich.
Edith wandte den Kopf. Sie hatte sich die Lippen so dunkel geschminkt, dass sie schwarz aussahen.
»Ich wollte Musik hören, aber das blöde Ding ist kaputt«, sagte sie.
Mit der flachen Hand schlug sie auf das Radio.
»Es ist spät, du solltest schlafen gehen«, sagte ich, aber darauf reagierte sie nicht.
»Wir könnten von hier verschwinden. Du, das Kind und ich«, sagte sie stattdessen.
»Wovon sprichst du?«, fragte ich.
»Hier ist es nicht mehr sicher.«
»Ich werde nicht von hier weggehen, genauso wenig wie das Kind.«
»Wusstest du, dass sich die andere Seite des Flusses nicht von dieser unterscheidet?«, fragte sie und griff nach dem Lenkrad.
»Mich interessiert die andere Seite nicht«, sagte ich. Edith blinzelte.

»Selbst die Doggen sind schlauer als du«, sagte sie.
Ich hatte das Bedürfnis, mich wegzuducken, aber mein Körper gehorchte mir nicht. Stattdessen saß ich nur da.
Edith räusperte sich. »Ich leg mich hin«, sagte sie und kletterte aus dem Pick-up.
Ich konnte mich noch immer nicht bewegen. In meinen Ohren schwoll das Knistern aus den Lautsprechern des Radios an und schraubte sich schmerzhaft in meinen Gehörgang.
Vielleicht war das der Moment, in dem mir bewusst wurde, dass ich längst nicht mehr alles unter Kontrolle hatte.

53

[DIE DOGGEN VERSCHWANDEN] AN DEM TAG, AN DEM WIR GLAUBTEN, ES GÄBE EIN GEWITTER. GEGEN MITTAG HATTE DER HIMMEL EINE FAST SCHWARZE FARBE ANGENOMMEN. DIE SCHWÜLE LUFT KNISTERTE ELEKTRISCH AUFGELADEN.

Nichts rührte sich. Meisis und ich gingen im Garten auf und ab und warteten auf den Regen. Die Doggen waren mit uns nach draußen gekommen, aber ich achtete kaum auf sie, das tat ich nie. Ich fühlte mich nicht verantwortlich. Als wir wieder ins Haus gingen, fiel mir nicht auf, dass die Hunde uns nicht folgten.
Ein Gewitter gab es nicht. Der Himmel klarte einfach wieder auf.
Erst Edith bemerkte ihr Fehlen.
»Wir gehen sie jetzt sofort suchen«, sagte sie und klang dabei seltsam ruhig.

Zu dritt liefen wir durch den Wald. Edith pfiff unaufhörlich, so hoch, dass es mir in den Ohren schmerzte. Meisis schaute in jedes Gebüsch. Mit dem Feldstecher überprüfte ich die Wiesen, doch die Doggen fanden wir nicht.
»Vielleicht sind sie längst wieder beim Haus«, versuchte ich Edith zu beruhigen.
Wir machten uns auf den Rückweg. Als wir schon fast das Grundstück erreicht hatten, fiel mir auf, dass Meisis nicht mehr hinter uns lief. Ich blieb stehen und rief ihren Namen, aber nur das Echo meiner eigenen Stimme war zu hören.

»Gerade war sie doch noch da«, sagte Edith und strich sich das verschwitzte Haar aus dem Gesicht. Ich schaute mich hektisch um. Nichts bewegte sich im Wald. Ich wollte den Weg, den wir gekommen waren, noch einmal zurückgehen, aber Edith hielt mich am Arm fest.

»Sie wird sicherlich gleich auftauchen«, sagte sie. Wir warteten, aber nichts passierte. Panik ergriff mich. Schon sah ich vor mir, wie Eggert Meisis aufgelauert hatte und ihr jetzt seine Hand auf den Mund presste. In diesem Moment tauchte Meisis roter Haarschopf zwischen den Bäumen auf. Sie ging langsam und schaute dabei nach links und rechts.

»Du kannst uns doch nicht so einen Schrecken einjagen«, rief ich und packte sie bei den Schultern.

Überrascht sah sie mich an.

»Mach das nie wieder.« Ich zog sie an mich.

»Was hast du dir nur dabei gedacht?«, fragte Edith.

»Ich wollte sichergehen, dass wir nichts übersehen haben«, sagte Meisis.

»Aber hier haben wir doch schon gesucht«, sagte ich. Meisis schwieg.

Nachdem ich sie am Abend ins Bett gebracht hatte, ging ich zu Edith ins Wohnzimmer. Sie lag auf dem Sofa und las.

»Glaubst du, Meisis hat etwas mit dem Verschwinden der Doggen zu tun?«, fragte ich. Sie legte das Buch zur Seite und sah mich an.

»Glaubst du das?«

Ich ballte die Hände zu Fäusten und starrte auf meine Fingerknöchel.

»Warum sollte sie das tun?«, fragte ich, doch ich klang dabei nicht so entschieden, wie ich es gerne gehabt hätte.

»Sie ist nur ein Kind. Du solltest dich nicht so schnell verunsichern lassen«, sagte Edith und schlug das Buch wieder auf.

54

Der Vorrat, den ich in den Jahren zuvor angelegt hatte, wurde weniger. Meisis hatte immer Hunger. Manchmal fand ich sie zwischen den Mahlzeiten in der Speisekammer, in der Hand einen Zwieback oder getrocknetes Obst. Von dem, was ich ihr gab, wurde sie nicht satt. Immer wieder zählte ich die Konserven, die Kartoffeln, kochte dünnere Suppen. Immerhin gab es noch die Kaninchen. Außer Len und Gösta wollte niemand mehr etwas mit mir tauschen. Sie machten mir noch nicht einmal auf, wenn ich mit den Kanistern bei ihnen vor der Tür stand. Solange Meisis noch immer ihre Milchzähne hatte, traute mir niemand. Und ich konnte nichts dagegen tun.

55

Seitdem die Doggen verschwunden waren, wollte Meisis nicht mehr alleine in ihrem Zimmer schlafen, weshalb ich ganz zu ihr zog.
In einer Nacht wurden wir von Hundegebell geweckt. Es klang, als befänden sie sich unter dem Fenster. Meisis versteckte sich unter ihrer Bettdecke. Ich riss das Fenster auf, in der Hoffnung, die Doggen im Garten zu sehen, aber da war nichts, und auch das Bellen war verstummt.

Als ich am Morgen die Augen aufschlug, saß Edith neben dem Sofa auf dem Boden. Erschrocken fuhr ich hoch. Meisis schlief friedlich.
»Die Doggen waren es nicht«, sagte Edith, »nur irgendwelche anderen Hunde.«
Ich fuhr mir über die Augen. »Du hast sie gesehen?«, fragte ich.
Edith nickte. »Sie hören noch immer auf mich.«
»Es ist nicht gut, wenn du jetzt wieder anfängst, die Hunde zu uns zu locken. Pesolt sucht doch nur nach einem Vorwand, um uns dranzukriegen.«
Edith funkelte mich wütend an. »Ich muss die Doggen finden. Dafür werde ich tun, was nötig ist.«
Dagegen konnte ich nichts sagen.

56

Levaii kam zu unserem Grundstück, als die Sonne senkrecht am Himmel stand.
Meisis hatte sich ins Bad verzogen, wo ich ihr eine Decke auf die kalten Fliesen gelegt hatte. Edith schlief zusammengerollt auf dem Sofa. Das Laken wie ein Leichentuch über dem Gesicht.
Ich stand in der Speisekammer, wo ich den Vorrat inspizierte. Von unseren Streifzügen brachten Meisis und ich jetzt mit, was wir Essbares fanden, doch es war nicht genug. Selbst Gras für die Kaninchen zu finden, wurde immer schwieriger, angesichts der extremen Trockenheit.
Gedämpft hörte ich von draußen die Fahrradklingel.

Levaii ließ das Rad vor dem Haus in den Sand fallen und kam außer Atem auf mich zu. Ihr graues T-Shirt war schweißgetränkt.
»Was willst du?«, rief ich von der Tür aus.
»Kann ich reinkommen?«
Ich schüttelte den Kopf. »Lieber nicht.«
Levaii pustete sich eine Strähne aus dem Gesicht und stützte die Arme in die Seite.
»Ich muss aus der Sonne raus, sonst bekomme ich einen Hitzschlag.«
»Lass uns in den Garten gehen. Dort ist Schatten«, sagte ich und führte sie um das Haus herum. Bei der Pumpe blieb Levaii stehen und betätigte den Hebel. Sie beugte den Kopf vor und ließ das Wasser über ihren Nacken und die Hände laufen und trank mehrere Schlucke.

»Hast du auch das Gefühl, es wird jeden Tag wärmer?«, fragte sie und blinzelte zu mir hoch.
»Es kann nicht immer so weitergehen«, antwortete ich und merkte selbst, dass ich wie Gösta klang.
Wir setzten uns unter den Pflaumenbaum. Gähnend lehnte sich Levaii gegen den Stamm. Ich nahm mir eine Zigarette aus der Brusttasche meines Hemdes, steckte sie mir zwischen die Lippen und zündete sie an.
»Also, worum geht's?«, fragte ich und inhalierte den Rauch.
»Mein Vater will dir ein Angebot machen, dass du, wie er sagt, ›nicht ausschlagen kannst‹.«
»Was soll das für ein Angebot sein?«
»Wollte er mir nicht verraten. Du sollst morgen Nacht zu unserer Scheune kommen.«
Gebannt schaute sie auf meine Zigarette, doch ich tat, als bemerkte ich es nicht.
»Hat es etwas mit deinen Schwestern zu tun?«
Levaii zuckte mit den Schultern. »Wahrscheinlich. Er redet über nichts anderes mehr. Selbst im Schlaf sagt er immerzu ihre Namen.«
»Glaubst du auch, dass das Kind für ihr Verschwinden verantwortlich ist?«, fragte ich.
Levaii schwieg, dann sagte sie: »Ich bin mir nicht sicher.«
Ich ließ die Hand mit der Zigarette sinken.
»Sie haben seltsame Andeutungen gemacht«, fügte sie hinzu.
»Was für Andeutungen?«
»Dass die Sprengung der Brücke eine falsche Entscheidung war. Sie haben gesagt, dass sie verrückt werden, so wie Ove, weil sie sich hier nur noch im Kreis bewegen können.«
Sie griff nach einem Blatt, das neben ihr auf dem Boden lag und zerrieb es zwischen den Fingern.

»Ich dachte immer, das ist nur so ein Gerede«, sagte sie.
»Und Eggert?«
Levaii winkte ab. »Der ist fest davon überzeugt, dass das Kind dahintersteckt. Lass uns nicht weiter darüber sprechen, ich habe dir gesagt, was ich dir ausrichten sollte.« Sie stand auf. Auch ich erhob mich.
»Bist du dir sicher, dass du in dieser Hitze wieder zurückfahren willst?«
»Bleibt mir ja wohl nichts anderes übrig, oder lässt du mich jetzt doch ins Haus?« Levaii grinste.
Ich ging nicht darauf ein und sagte: »Richte Eggert aus, dass ich morgen kommen werde.«

57

In der Nacht wurden Meisis und ich wach, weil das grelle Licht einer Taschenlampe von draußen in das Zimmer leuchtete. Ich lag auf dem Rücken und bewegte mich nicht. Meisis griff nach meiner Hand und hielt sie so fest, dass es schmerzte.
Das Licht begann zu blinken, ging dann aus, nur um nach kurzer Zeit erneut über die Zimmerdecke zu wandern. An Schlaf war nicht zu denken.
Erst als ich mich aus dem Fenster beugte und hinausbrüllte, blieb es dunkel.

58

Die Scheune von Eggert stand hell erleuchtet in der Nacht. Sie lag hinter der Weide, auf der er früher seine Kühe gehalten hatte, bis sie ihm alle weggestorben waren. Durch das geöffnete Tor fiel Licht auf den verbrannten Rasen. Ich ging hinein. Es roch nach Stroh und Tier. Über meiner Oberlippe sammelte sich der Schweiß. Die Hitze hatte jetzt auch in der Nacht etwas Drückendes. Eggert stand in der Mitte der Scheune. Auf seinem kahlen Kopf spiegelte sich das Licht der Halogenleuchten. Er hatte sein Hemd aufgeknöpft. Zum ersten Mal sah ich die Tätowierung auf seiner Brust. Untereinander standen die sieben Namen seiner Töchter. Levaiis ganz zuletzt.

Er begrüßte mich mit einem Nicken und gab mir zu verstehen, dass ich mich ihm gegenüber auf den Klappstuhl setzen sollte. Zögernd kam ich dieser Aufforderung nach.

»Ich will dir ein Angebot machen«, sagte er.

»Das hat mir Levaii schon gesagt. Wie lautet dein Angebot?«

»Du bekommst etwas von mir, musst mir aber dafür das Balg aushändigen.«

Ich lehnte mich auf dem Stuhl zurück. »Für nichts auf der Welt würde ich Meisis hergeben«, sagte ich.

»Hör dir erst an, was ich dir zu sagen habe.«

Ich verschränkte die Arme vor der Brust. Eggert sah mich eindringlich an.

»Du kennst meinen Benzinvorrat. Wenn du mir das Kind schon jetzt gibst, werde ich ihn mit dir teilen.«

Ich lachte.

»Aber das ist noch nicht alles. Auch von meinem Vorrat überlasse ich dir die Hälfte. Und außerdem werde ich dich beschützen.«
»Beschützen wovor?«
»Pesolt. Du glaubst doch nicht, dass er einfach Ruhe geben wird, wenn das Kind beseitigt ist, oder?«
»Wovon sprichst du?«
»Du hast dich nicht an die Regeln gehalten. Darüber wird er nie hinwegsehen können, aber ich werde dafür sorgen, dass er Edith und dich in Ruhe lässt.«
»Und dafür soll ich dir Meisis überlassen?«
Eggert nickte. Ich beugte mich vor. »Hör zu Eggert, Meisis ist nicht für das Verschwinden deiner Töchter verantwortlich. Sie wird sie dir nicht zurückbringen können.«
Eggert lachte. »Lass das mal meine Sorgen sein.«
»Und wenn sie freiwillig von hier fortgegangen sind?«, sagte ich, und meine Stimme schien für einen Moment im Raum zu stehen.
»Was redest du da?«
»Der Fluss –«, setzte ich an, doch Eggert unterbrach mich.
»Die Brücke ist gesprengt, der Fluss ist unüberwindbar.«
»Vielleicht sind sie geschwommen? Edith ist –«
»Bist du des Wahnsinns fette Beute? Hier kann niemand schwimmen. Und warum sollten sie es auch versuchen? Wir haben hier alles. Wir sind hier auf der richtigen Seite.« Eggerts Stimme überschlug sich.
Ich biss mir auf die Lippen.
»Das Kind ist unschuldig. Es kann dir deine Töchter nicht zurückbringen.«
Eggert starrte sich hasserfüllt um.
»Das wirst du bereuen.«

Ich erhob mich. Eggert trat auf mich zu. Er kam mir ganz nahe. »Meine Töchter sind keine Verräterinnen, verstanden?«, sagte er. Ich nickte, doch durch meinen Blick ließ ich ihn wissen, dass ich etwas anderes glaubte. Bevor es für mich gefährlich werden konnte, drehte ich mich um und lief aus der Scheune, hinein in die dunkle Nacht.

WELCHE ALLIANZEN BLIEBEN ÜBRIG, WENN ICH IM STROH EIN STÜCK GLUT VERGÄSSE? DIE FLAMMEN WÄREN KILOMETERWEIT ZU SEHEN.

59

Am nächsten Tag brachte Eggert die toten Doggen zu unserem Haus.
Von dem Fenster auf halber Treppe sah ich, wie er seinen Range Rover auf dem Sandweg parkte, ausstieg und den Kofferraum öffnete. Mit routinierten Handgriffen hievte er erst die eine und dann die andere Dogge heraus und legte sie uns vor die Tür. Pfeifend schlug er den Kofferraum wieder zu.
»Was hast du mit ihnen gemacht?«, rief ich. Eggert drehte sich zu mir um.
»Ein kleines Geschenk.«
»Es sind Ediths Hunde. Sie hat mit dem Kind nichts zu tun.«
»Meine Töchter haben auch nichts mit dem Kind zu tun, und trotzdem sind sie verschwunden«, sagte er. Dann stieg er in sein Auto und fuhr davon.

Edith sagte kein Wort, während sie um die toten Doggen herumging. Ich traute mich kaum zu atmen. Meisis hatte sich an mich gelehnt, sie verbarg ihre Trauer nicht. Edith blieb abrupt stehen.
»Verflucht sein soll Eggert«, sagte sie, und ich konnte hören, wieviel Anstrengung es sie kostete, dass ihre Stimme nicht zitterte. »Wenn er es noch einmal wagt, hier zu unserem Haus zu kommen, werde ich ihn eigenhändig im Pool ertränken.«

Wir begruben die Doggen im Garten bei der Brombeerhecke. Edith trug unter ihrem Kaninchenfellmantel ein schwarzes Samtkleid und hatte auch uns schwarze Sachen gegeben.

Unser Schweiß färbte sie noch dunkler. Wie es Edith in ihrem Pelzmantel aushielt, blieb mir ein Rätsel. Nachdem wir die Gruben zugeschüttet hatten, las sie mehrere Gedichte und stand dabei in der prallen Sonne. Das Kinn erhoben. Mehr Wut als Trauer.

»Erinnerst du dich, wie ich dir gesagt habe, dass es hier nicht mehr sicher ist?«, fragte Edith mich am Abend. »Jetzt kannst du es nicht mehr abstreiten. Wenn die zwei Monate um sind, werden sie uns nicht anders behandeln als die Doggen.«
»Nur Eggert hat den Verstand verloren. Er hat alleine gehandelt.«
»Woher willst du das wissen?«
»Gösta würde so etwas niemals unterstützen.«
»Du bist so naiv.«
Ich schwieg.
»Wir sollten die Gegend verlassen, solange es noch möglich ist.«
»Meisis und ich gehen nirgendwohin.«
»Du denkst wirklich immer noch, es reicht aus, das Ganze einfach auszusitzen, nicht wahr?«
»Als ob wir eine andere Wahl hätten.«

60

SEIT JAHREN FALLEN DIE MÖWEN AUS DEM HIMMEL, VERLORENER HALT AM HORIZONT, GESTÜRZTES GEFIEDER.

Es war der erste windige Tag seit Langem. Als ich im Garten stand, streckte ich die Hand in die Luft.
»Heute gehen wir in den Wald und suchen nach Möwen«, sagte ich zu Meisis. »Zieh deine Schuhe an.«
Aus der Küche holte ich eine Plastiktüte.
Den ganzen Vormittag durchsuchten wir das Unterholz, doch erst gegen Mittag wurden wir fündig. Die Möwe hatte sich in einem Hagebuttenstrauch verfangen. Meisis schrie laut auf, als sie sie entdeckte. Es konnte nicht lange her sein, dass sie heruntergefallen war, denn ihr Körper war noch warm.
»Sehr gut«, sagte ich zu ihr und verstaute den Vogel in der Plastiktüte.
Noch eine Weile durchstreiften wir den Wald, doch eine zweite Möwe fanden wir nicht.
»Lass uns zurückgehen«, sagte ich zu Meisis, »bevor es noch heißer wird.«

Im Haus legte ich das Wachstuch auf den Tisch und zeigte ihr, wie man die Möwe rupft. Edith kam und blieb erstarrt im Türrahmen stehen.
»Was macht ihr da?«
»Wir haben eine Möwe gefunden«, sagte Meisis stolz.
Edith sah mich an. »Was hab ich dir zu den Möwen gesagt?«

»Sie fallen von alleine aus dem Himmel, wir haben sie nicht getötet«, sagte ich.
»Sie hat wirklich nicht mehr gelebt«, kam mir Meisis zu Hilfe.
»Das ist mir scheißegal«, rief Edith, »in meinem Haus werden keine Möwen gegessen.«
»Denkst du wirklich, wir können noch wählerisch sein? Wenn du sie nicht essen willst, meinetwegen, aber Meisis und ich werden nicht verhungern.«
»Ihr seid nicht anders als die Leute aus der Gegend«, sagte Edith, ging hinaus und knallte die Tür hinter sich zu.

Später, ich hatte Meisis beruhigt und zu Bett gebracht, ging ich zu Edith, die im Wohnzimmer auf dem Sofa lag.
Ich schob ein paar Kleider beiseite und setzte mich auf den Boden neben sie.
»Ich habe in deinen Büchern nachgelesen«, sagte ich. »Die Möwen kommen vom Meer. Und sie können sich nicht mehr am Himmel halten, weil ihnen dafür die Kraft fehlt. Das ist doch offensichtlich. Du aber willst genau dorthin, von wo die Möwen fliehen? Und erinnerst du dich an das Wild, dass immer wieder hier verendet? Gösta sagt, auch das kommt vom Meer, sie kann es schmecken, das Fleisch ist salziger als das von unseren Tieren.«
Edith zeigte keine Regung, ich sprach weiter: »Meisis und ich bleiben hier. Wenn du aber an der Idee festhältst, von hier fortzugehen, halten wir dich nicht auf.«
Ich erhob mich und verließ, ohne mich noch einmal umzudrehen, den Raum.

61

Am nächsten Tag hatte Edith alle Kaninchen geschlachtet. Die Küche war angefüllt mit Blutgeruch. Edith saß vornübergebeugt am Tisch. Vor ihr lagen die abgezogenen weißen Felle. Mit ihrem Messer löste sie die Fleisch- und Fettreste von den Unterseiten. Im Spülbecken lagen die toten Tiere. Rot schimmerte das Fleisch. Ich öffnete den Mund, aber mir entwich kein Laut.
»Das Schlachten verlernt man nie«, sagte Edith.
»Sind das alle Kaninchen?«, fragte ich.
Edith hob den Kopf. »Sie haben die Hitze nicht gut vertragen. Drei von ihnen waren schon tot.«
Fassungslos sah ich sie an. »Aber was willst du mit den Fellen?«
»Das wird ein Mantel für das Kind.«
»Du bist verrückt geworden.«
Edith lachte. »Ich wüsste nicht, was daran verrückt sein soll.«
»Ach nein? Dann erkläre mir doch bitte, wozu Meisis bei diesem Wetter einen Pelzmantel braucht?« Noch immer war ich äußerlich ganz ruhig.
»Am Meer wird es kalt sein.«
»Jetzt fang nicht schon wieder damit an.«
Edith machte ein trotziges Gesicht.
»Was sollen wir denn jetzt essen?«, fragte ich.
Ediths Bewegungen bekamen etwas Fahriges. »Mein Gott, die Speisekammer und der Keller sind voll. Und das Kartoffelfeld haben wir auch noch. Ich verstehe wirklich nicht, wo das Problem ist.«

»Aber das wird alles nicht ewig reichen. Wir sind auf das Fleisch angewiesen«, jetzt schrie ich, doch Edith wollte es noch immer nicht einsehen. Ich griff nach ihren Haaren und zog ihren Kopf nach hinten. »Das hast du doch nur getan, weil Meisis und ich die Möwe gegessen haben«, sagte ich, »du wolltest mir eins auswischen.«
»Lass mich los, du tust mir weh.«
Ich wollte etwas werfen, wollte Edith den Schädel zertrümmern, aber was hätte es genützt?

62

Ein paar Tage später, Meisis und ich gruben das Kartoffelfeld um und düngten den Boden mit Brennnesseljauche, hörte ich ein Geräusch im Wald.
»Wer ist da?«, rief ich und schob Meisis hinter mich.
»Ich bin's nur«, sagte Kurt und kam hinter der Brombeerhecke hervor. In seinen Zöpfen hingen Blätter und Zweige, vielleicht hatte er sie mit eingeflochten.
»Ist Edith zu Hause?«, fragte er und zwinkerte Meisis zu.
»Sie schläft«, sagte ich.
»Ich muss mit ihr sprechen.«
Ich bat Meisis, Edith Bescheid zu sagen. Sie nickte und lief zum Haus.
»Nun sehe ich sie auch mal aus der Nähe«, sagte Kurt und schaute Meisis nach.
Ich zündete mir eine Zigarette an. Der Rauch kratzte in meinem Hals, und meine Augen tränten. »Was willst du von Edith?«, fragte ich.
»Sie wollte, dass ich etwas für sie herausfinde.«
»Wann habt ihr miteinander gesprochen?«
»Das letzte Mal, als ich hier war. Du bist zu Eggert gefahren, erinnerst du dich? Kurz, nachdem du weg warst, ist sie zu mir gekommen.«
Argwöhnisch sah ich ihn an. »Und was war es, das du für sie herausfinden solltest?«
Kurt kam nicht dazu, mir zu antworten. Edith war in der Tür aufgetaucht und rief: »Hab schon gedacht, du bist jetzt vollständig zu den Tieren übergelaufen.«
Er lachte.

»Ich hatte auch kurz meine Bedenken«, sagte er.
»Komm rein.« Edith winkte ihn zu sich. Ich hielt Kurt am Arm fest. »Was heckt sie aus?«, fragte ich leise.
»Ich erzähle es dir später«, sagte Kurt. »Aber mach dir keine Sorgen.«
Er ging zu Edith und verschwand mit ihr im Haus.

Erst als ich in der Küche begann, aus den Resten vom Vortag eine Suppe zu kochen, kamen Kurt und Edith wieder aus dem Wohnzimmer.
»Willst du mit uns essen?«, fragte ich Kurt. Er schüttelte den Kopf. Ich versuchte ihn zu überreden, aber er war schon halb zur Tür raus.
»Es hat mich gefreut, deine Bekanntschaft zu machen«, sagte er noch zu Meisis und verbeugte sich vor ihr. Sie lachte und winkte ihm durch das Fenster nach, als er zurück in den Wald lief.
Edith setzte sich an den Küchentisch, griff in die Tasche ihres Mantels und holte einen ihrer Lippenstifte heraus. Während Meisis den Tisch deckte und ich Suppe auffüllte, schminkte sie sich die Lippen. Es war ein leuchtendes Rot, das sie lange nicht benutzt hatte.
Während des Essens sagte keiner von uns ein Wort. Edith aß so langsam, dass sie noch immer nicht fertig war, nachdem Meisis und ich bereits zwei Portionen gegessen hatten. Ich schickte Meisis ins Bett, räumte unsere Teller in die Spüle und wollte auch gerade nach oben gehen, als Edith sagte: »Kurt hat etwas herausgefunden.«
Ich schwieg. Edith legte ihren Löffel beiseite und griff mit den Fingern ein Stück Kartoffel.
»Er hat mit Leuten aus der Gegend gesprochen, und zwei von

ihnen haben eine sehr interessante Beobachtung gemacht. Jeweils unabhängig voneinander haben sie Kurt erzählt, dass sie Eggerts Töchter kurz vor deren Verschwinden beim Fluss gesehen haben. Und beide Personen sagen, dass es so ausgehen hat, als hätten sie einander das Schwimmen beigebracht«, sagte Edith und wischte sich ihre fettigen Finger an ihrem Mantel ab.

»Was willst du mir damit sagen?«, fragte ich.

Edith strich sich eine Strähne zurück, die sich aus ihrem Haarknoten gelöst hatte, hob den Teller zum Mund und trank den Rest der Suppe.

»Eggerts Töchter wollten über den Fluss. Und es ist ihnen gelungen, denn sonst hätte man längst ihre Leichen gefunden, so wie bei Ove und Nuuel. Das heißt, auch wir können es schaffen.«

»Wir haben hier ein Dach über dem Kopf, einen Garten. Niemand weiß, was noch übrig ist in den Gebieten an der Küste.«

Als ich weitersprach, wurde meine Stimme lauter. »Du bist von dort geflohen.«

Überrascht schaute mich Edith an.

»Ja, Kurt hat mir die ganze Geschichte erzählt. Wie du triefend ans Ufer geklettert bist. Und mit den Bildern in deinem Schrank hast du deine Herkunft ja auch nicht wirklich verschleiert.«

Edith hob die Schultern.

»Seit meiner Flucht sind viele Jahre vergangen. Wer weiß, wie es jetzt dort aussieht?«

Ich konnte nicht glauben, dass Edith es ernst meinte. Sie griff nach meiner Hand. Ich zuckte zurück.

»Wenn kein Wunder passiert, werden Pesolt und die anderen

Meisis holen. Das wirst du nicht verhindern können. Aber wenn wir jetzt gehen, besteht die Chance, dass wir drei überleben.«
»Wir würden alles zurücklassen.«
Ediths Miene verdunkelte sich. »Was genau meinst du?«
»Gösta und Len, sie brauchen mich.«
»Das sind alte Frauen, sie werden bald sterben. Dafür willst du dein Leben aufs Spiel setzen, das Leben von Meisis?«
»Sie waren immer für mich da und haben sich um mich gekümmert. Im Gegensatz zu dir.«
»Du wolltest nicht, dass ich mich um dich kümmere.«
»Weil du es nicht konntest.«
»Jetzt übertreibst du.«
»Wenn Gösta und Len nicht wären, wäre ich verhungert.«
»Du warst doch alt genug. Du hattest die Kaninchen, das Kartoffelfeld.«
»Und du verstehst nicht, warum ich der Gegend mehr vertraue als dir? Du hast von der Realität wirklich keine Ahnung, und deswegen werde ich mich auf keinen Fall auf so eine Schnapsidee von dir einlassen, von hier zu verschwinden. Ich weiß, das kannst du nicht nachvollziehen, aber die Gegend ist mein Zuhause.«
Edith sprang auf. Mit einem lauten Knall fiel ihr Stuhl um.
»Dein Zuhause«, brüllte sie. »Hast du vergessen, was man dir hier angetan hat? All die Verletzungen. Und dann diese Abscheu, mit der sie uns hier begegnen. Wie der letzte Dreck hat dich *dein Zuhause* behandelt.«
Auch ich sprang auf.
»Es geht mir um das Land, nicht um die Leute«, brüllte ich. »Wie oft soll ich dir das noch erklären?«
Auf Ediths Gesicht zeigten sich rote Flecken.

»Dann bleib doch in dieser gottverdammten Gegend und krepiere«, rief sie, »aber ich gehe von hier fort, und das Kind nehme ich mit.«
»Du hast meinen Vater auf dem Gewissen, und jetzt willst du mir auch noch das Kind nehmen?«
Fassungslos starrte Edith mich an. »Was hast du gesagt?«
»Du hast mich schon verstanden«, antwortete ich.
»So denkst du also von mir?«, fragte Edith. »Dann ist es wohl wirklich besser, du bleibst hier.«
Sie stürzte aus dem Raum. Mit voller Wucht trat ich nach ihrem Stuhl. Er flog gegen die Wand und brach krachend auseinander.

ICH MÖCHTE DEN KÖRPER DER MUTTER NEHMEN, IM STAUBIGEN SAND PLATZIEREN UND DARÜBER MIT DEM PICK-UP MEINE RUNDE DREHEN.

63

Am nächsten Morgen fuhr ich zu Gösta und Len. Es war drückend heiß, der Himmel leicht diesig. Ich umrundete das Haus und ging in den Garten. Gösta trug einen Trainingsanzug und wässerte die Zwiebelbeete, während Len im Schatten auf einer Liege schlief. Reglos hockten die Lachshühner um sie herum, als würden sie sie bewachen.
»Heute morgen ist Len in der Küche gestürzt«, sagte Gösta, die meinem Blick gefolgt war.
»Geht es ihr gut?«
»Den Umständen entsprechend. Sie hat sehr geschimpft auf das Wetter. Je wärmer es wird, desto mehr verliert sie ihren Gleichgewichtssinn. Sie hat das Gefühl, die ganze Welt hat sich gegen sie verschworen. Für immer mehr Dinge, die sie früher ganz alleine gemacht hat, braucht sie Hilfe. Das nagt natürlich an ihr«, sagte Gösta, richtete sich ihr Kopftuch und griff nach der Gießkanne neben sich, doch ihre Hand zitterte so stark, dass sie sie nicht anheben konnte.
»Lass mich das machen«, sagte ich und nahm die Gießkanne.

Nach der Arbeit aßen wir gemeinsam einen Teller kalte Zwiebelsuppe auf der Terrasse. Len war aufgewacht und saß bei uns, aber als Gösta auch ihr etwas auffüllen wollte, schüttelte sie den Kopf.
Wir sprachen über Belangloses, und ich versuchte, mir einzureden, dass es wie früher wäre, ein ganz normaler Tag, dass es nichts zu befürchten gäbe. Aber das dunkle Gefühl verschwand nicht.

Nach dem Essen drückten sie mir einen Beutel mit Zwiebeln in die Hand.
»Behaltet die lieber«, wehrte ich ab. Doch Gösta und Len bestanden darauf.
»Auch für das Kind«, sagten sie. Ich dankte ihnen. Sie brachten mich zum Pick-up. Gösta musste Len den ganzen Weg stützen, es tat mir weh, sie so zu sehen.
»Sorge dich nicht um uns. Wir sind robuster als wir aussehen«, sagte Len und lachte, aber ich wusste, dass ihre Unbekümmertheit nur gespielt war.
»Ich komme bald wieder«, versprach ich. Gösta nickte. Ich stieg in den Pick-up und fuhr davon.

Auf der Rückfahrt sah ich am Straßenrand drei schwer mit Früchten behangene Mirabellenbäume. In den letzten Jahren hatten sie immer nur geblüht. Ich drosselte das Tempo, fuhr dicht an ihnen vorbei und nahm mir vor, gleich am nächsten Tag mit Meisis zurückzukommen und die Bäume abzuernten.

ICH WILL DIE VOLLEN BÄUME ALS EIN GUTES ZEICHEN LESEN.

Mirabellen erinnerten mich immer an einen besonders schönen Tag mit Gösta und Len. Sie hatten mich zu zwei Bäumen in der Nähe des Flusses mitgenommen. Im Morgengrauen hatten wir die Früchte aus den Ästen geschüttelt und sie in großen Körben eingesammelt.
Im Haus hatten wir die Mirabellen gewaschen und in alle zur Verfügung stehenden Töpfe umgefüllt. Während Len und ich die Früchte entsteinten und sie sortierten, die madigen warf

ich in einen Eimer unter dem Tisch, kochte Gösta Marmelade. Der süße Geruch verklebte die Luft. Bis zum Abend waren wir beschäftigt. Als es zu dämmern begann, wollte ich mich verabschieden, aber Gösta drückte mich zurück auf meinen Stuhl.

»Im Dunkeln sollte kein Kind alleine nach Hause fahren«, sagte sie, »du schläfst heute Nacht hier.« Sie suchte eine Decke und Kissen heraus und richtete mir das Sofa her. Zum ersten Mal seit sehr langer Zeit kam ich mir behütet vor. Ich schlief tief und fest und träumte von Regen, der die Landschaft tränkte.

Noch lange half mir die Erinnerung an diesen Tag in dunklen Stunden.

64

Früh am nächsten Morgen, noch bevor die Sonne ganz aufgegangen war, fuhren Meisis und ich zu der Stelle zurück.
Das kräftige Gelb und Rot der Mirabellen wurde durch den dahinterliegenden, leuchtend blauen Himmel noch verstärkt. Ich parkte den Pick-up im Graben, und wir nahmen die Plastikeimer von der Ladefläche, die ich, bevor wir losgefahren waren, aus dem Schuppen geholt hatte. Wir liefen über die Straße zu den Bäumen. Der Geruch der fast schon überreifen Früchte hing schwer in der Luft. Das Summen von Insekten war zu hören.
»Pass auf die Wespen auf«, sagte ich zu Meisis, als sie den Stamm hinaufkletterte. Ich ging zu dem anderen Baum. Viele der Früchte lagen bereits am Boden und faulten. Ich begann, den Eimer zu füllen. Bald waren meine Hände klebrig vom Saft. Als er voll war, brachte ich ihn zum Pick-up und stellte ihn auf die Ladefläche. Ich nahm mir einen neuen und ging zurück. Meisis war bis ganz nach oben geklettert und pflückte von dort. Sie grinste mir zu, ihr Mund saftverschmiert.
»Pflücken, nicht essen«, rief ich ihr zu.
Ich wollte gerade nach dem zweiten Eimer greifen, als ein Schuss erklang.
»Weg von den Bäumen«, brüllte Pesolt und kam über das Feld gerannt. Er trug nur eine grobe Jeans, kein Oberteil. Über seinen Bauch zog sich eine rot glänzende Narbe. Meisis ließ vor Schreck den Eimer fallen. Die Mirabellen verteilten sich im Gras.
»Das sind nicht deine Bäume«, rief ich und stellte mich schützend vor Meisis, die schnell zu mir heruntergeklettert war.

»Die Bäume stehen auf meinem Land, da lass ich doch nicht den Teufel darin toben«, spuckte Pesolt uns entgegen. Er musste getrunken haben. Ich roch den Alkohol, und seine Bewegungen waren schwerfällig.

Ich schluckte und erinnerte mich daran, wie er mir einmal meine Nase gebrochen hatte, nachdem ich Brennnesseln auf einem Acker geschnitten hatte, der auch zu seinem Land gehörte. Er hatte meinen Schädel in beide Hände genommen und ihn mehrmals auf die aufgeheizte Kühlerhaube meines Pick-ups geschlagen, sodass mir das Blut nur so aus der Nase geschossen war und einen beträchtlichen Teil des weißen Lackes des Autos geziert hatte.

Jetzt schien er nur deshalb ruhiger zu bleiben, weil er so betrunken war, dass er kaum geradeaus laufen konnte. Er kniff die Augen zusammen und versuchte, uns zu fokussieren.

»Die Mirabellen bleiben hier«, lallte er und deutete auf die Eimer. Grimmig schaute ich ihn an und kippte die Früchte in den Straßengraben.

»Aufsammeln kannst du sie selber«, sagte ich. Er ließ mich nicht aus den Augen. Ich warf die Eimer zurück auf die Ladefläche und schob Meisis auf den Beifahrersitz.

»Dich kommen wir bald holen«, rief Pesolt und zeigte mit dem Finger auf Meisis.

»Und wehe mit meinen Bäumen stimmt jetzt was nicht.«

Ich stieg hinter das Steuer. Pesolt beugte sich zu uns hinein.

»Wie ich sehe, hat das Kind noch alle Zähne. Ich zähle die Tage. Wenn ich euch vorher nochmal hier erwische, dann schieße ich euch gleich aus dem Baum. Dann findet unser kleines Fest eben ein bisschen früher statt als geplant.«

Er hatte so leise gesprochen, dass Meisis ihn nicht gehört haben konnte. Schnell drehte ich den Schlüssel und stieg aufs

Gas. Pesolt musste zurückspringen, damit er nicht vom Auto mitgerissen wurde. Durch den Seitenspiegel sah ich, wie er mit fuchtelnden Armen auf der Straße stand und immer kleiner wurde.
»Eine Handvoll konnte ich retten«, sagte Meisis, griff in die Brusttasche ihres Kleides und zeigte mir die fünf Mirabellen.
Ich versuchte ein Lächeln.
»Die essen wir, wenn wir zu Hause sind«, sagte ich und blickte wieder auf die Fahrbahn.

Im Haus setzten wir uns auf das Sofa in Meisis' Zimmer. Sie breitete ein Stofftaschentuch zwischen uns aus und legte darauf die fünf Mirabellen.
»Du kannst drei haben, ich nehme zwei«, sagte sie und schob mir die Früchte zu.
»Nimm du ruhig drei.«
Ich gab ihr eine zurück und steckte mir eine Mirabelle in den Mund. Sie war so reif, dass sie auf der Zunge zerging. Ich spuckte den Kern in meine Hand.
»Lecker, oder?«, Meisis schaute mich an. Ich nickte ihr zu, doch vor meinem inneren Auge faulten die Mirabellen an den Bäumen.

Später, während Meisis draußen im Garten meine Steinsammlung sortierte, schlug ich auf dem Dachboden mehrmals mit der Faust gegen die Wand. Ich schlug so fest, dass die Haut aufplatzte.
Im Bad wusch ich das Blut von den Knöcheln und vermied es dabei, mir im Spiegel über dem Waschbecken in die Augen zu sehen.

»Was ist denn mit deiner Hand passiert?«, fragte mich Edith, als wir uns nachts im Flur begegneten. Um die Prellung zu kühlen, hatte ich ein nasses Tuch umgewickelt. Ich lehnte mich gegen das Geländer der Treppe und schwieg.

Edith verzog spöttisch ihren Mund. »Immer willst du alles aussitzen und hoffen, dass es sich am Ende von alleine klärt.«

Ich zuckte mit den Schultern und legte mich schlafen.

65

DA IST ETWAS INS RUTSCHEN GEKOMMEN, UND ES
FÜHLT SICH WIE EINE BEWEGUNG AN, DIE ABWÄRTS
GEHT, OHNE DASS ICH WEISS, IN WELCHE RICHTUNG
ICH SCHIESSEN KANN.

Am nächsten Morgen war Edith verschwunden. Ich fand sie weder im Haus noch im Garten, und auch ihr Pelz lag nirgendwo. Ich hoffte, sie tauchte nicht wieder auf.
Aber als sie gegen Mittag zwischen den Kiefern stand und zum Haus zurückgelaufen kam, war ich doch erleichtert. Ihr Blick war müde, der Saum ihres Kleides nass. An ihrem Mantel hingen Blätter.
»Wo warst du heute Morgen?«, fragte ich sie, als sie am Abend in der dunklen Küche stand. Sie schenkte sich ein Glas des Holundersaftes ein, den ich auf dem Tisch hatte stehen lassen und sagte: »Ich habe nur ein paar Runden gedreht, das klärt meinen Kopf.«
»Das kaufe ich dir nicht ab«, sagte ich.
Edith zuckte mit den Schultern.
Ich machte ein paar Schritte auf sie zu und baute mich vor ihr auf. »Ich habe unseren Streit nicht vergessen. Was verrätst du mir nicht?«
»Keine Sorge, ich werde dir das Kind nicht wegnehmen«, sagte Edith, duckte sich an mir vorbei und verließ die Küche.

Auch in den darauffolgenden Tagen war sie manchmal für mehrere Stunden verschwunden. Meinen Fragen wich sie weiterhin aus.

Sie stand auch jeden Morgen noch vor uns auf. Wenn ich nach unten kam, lehnte sie bereits in der Küche an der Spüle. Sie hatte wieder damit begonnen, regelmäßig zu essen, trug täglich ein anderes Kleid und schminkte sich. Nach dem Frühstück legte sie Lippenstift auf und puderte sich das Gesicht. Es kam mir vor wie eine Maske.
Damals schien es mir, als würde sie sich für etwas wappnen. Dass sie das in gewisser Weise auch tat, habe ich erst im Nachhinein verstanden.

Jeden Abend kämmte sie sich jetzt mit der Bürste aus Treibholz die Haare.
Als Meisis sie darum bat, flocht sie ihr zwei Zöpfe.
»Was haben sie nur gegen diese Farbe?«, sagte sie und schaute bewundernd auf den leuchtenden Kupferton. Ich beobachtete die beiden von der Tür aus. Hinter meiner Stirn pochte es. Sie bemerkten mich nicht, und ich machte auf dem Absatz kehrt. Aus dem Schuppen holte ich die Axt. Ich ging tief in den Wald und hackte dort auf einen Ast ein, den Meisis vor Kurzem aus einem Haufen Unterholz gezogen und der seitdem in ihrem Zimmer gelegen hatte. Ich hackte so lange, bis kaum noch etwas von ihm übrig war. Doch ich kam dabei nicht gegen die Szene an, die sich in meinem Kopf unaufhörlich wiederholte: Wie ich Edith einmal die gleiche Frage gestellt hatte wie an diesem Tag Meisis. Als Antwort hatte sie gesagt: »Das Stroh auf deinem Kopf ist viel zu widerständig, damit wird sich nie etwas Gescheites anstellen lassen.« Abfällig hatte sie mich dabei durch den Spiegel der Frisierkommode gemustert, an der sie saß und sich selbst das nasse, glänzende Haar auf Treibholzstücke drehte und feststeckte. Ich war aus dem Raum hinausgestürzt und hatte drei ihrer Bücher in meinen Taschen

verschwinden lassen. Noch in der Nacht war ich mit ihnen in den Wald gelaufen, wo ich sie auf einer Lichtung verbrannte. Ich habe sie nie wieder darum gebeten.

Beim Essen hielt Edith mir jetzt oft den Teller für eine zweite Portion hin, und sie trank in der Speisekammer den Saft aus den Pflaumengläsern. Argwöhnisch beobachtete ich sie dabei. Unser Vorrat war jetzt überschaubar.
»Was führst du im Schilde?«, fragte ich sie, nachdem ich sie dabei erwischt hatte, wie sie in der Badewanne Kartoffelbrei löffelte. Unschuldig erwiderte sie meinen Blick.
»Erst regst du dich darüber auf, dass ich zu wenig esse, und jetzt plötzlich beschwerst du dich, wenn ich es tue«, maulte sie.
Ich straffte die Schultern.
»Das heißt aber nicht, dass du dich einfach beliebig an den Vorräten bedienen kannst, ohne an uns zu denken.«
Edith nickte, aber am nächsten Tag fand ich sie und Meisis, wie sie im Keller lachend die letzten Packungen Kondensmilch tranken. Wütend riss ich sie ihnen aus der Hand.
»Was habe ich dir gestern gesagt?«, rief ich. Schuldbewusst saß Meisis auf der Kühltruhe daneben. Edith verzog sich eingeschnappt auf das Sofa.
Als Edith und Meisis am Abend schliefen, schloss ich die Vorratskammer und die Kellerluke ab und fädelte beide Schlüssel auf eine Schnur. Die trug ich von da an um den Hals. Edith gab sich nicht die Blöße, nach dem Schlüssel zu fragen.

66

Auch wenn es Benzinverschwendung war, fuhr ich manchmal ohne Ziel durch die Gegend. Ich brauchte etwas Raum zwischen mir und dem Haus, in dem Meisis und Edith immer mehr Zeit miteinander verbrachten. Das schnelle Fahren und das Zigarettenrauchen halfen mir dabei, meine Wut auf Edith im Zaum zu halten. Zudem hoffte ich darauf, dass mir endlich ein Plan einfallen würde, wie ich Meisis endgültig aus der Schusslinie nehmen konnte, denn immer noch war kein einziger ihrer Zähne locker.

An einem der Tage, als ich mal wieder mit dem Pick-up unterwegs war, fuhr ich an Pesolts Mirabellenbäumen vorbei. Als ich sie passierte, bemerkte ich, dass bereits neue Früchte an den Zweigen hingen. Sie waren größtenteils noch grün, aber einige schon fast wieder reif. Zweimal in so kurzer Zeit. Seit ich denken konnte, war das nicht passiert. Nachdenklich fuhr ich weiter.

Später, als ich im Garten lag und Meisis zwischen dem Kirsch- und Pflaumenbaum spielte, schrieb ich auf einen Bogen Papier:

DAS ERNEUTE FRÜCHTETRAGEN DER
MIRABELLENBÄUME KOMMT MIR WIE EINE FALLE VOR.

In der Nacht träumte ich von überreifen Früchten, die platzten, wenn ich sie berührte. Ihr gärender Geruch tränkte den Boden, die Luft. Das einzige Geräusch kam von den summen-

den Wespen. Auch Fliegen und Hornissen. Ein unaufhörliches Zucken, ein Wimmeln, nichts blieb an seinem Platz.
Ich schreckte aus dem Schlaf. Die schwüle Luft war kaum auszuhalten. Sie knisterte elektrisch aufgeladen, wie kurz vor einem Gewitter. Ich konnte lange nicht einschlafen und lauschte nach draußen, aber der erleichternde Regenguss kam nicht, und irgendwann döste ich doch weg.
Als ich am Morgen aufstand, war der Boden so trocken wie am Abend zuvor.

67

Drei Tage später bestätigte sich mein Verdacht. Ich fand heraus, wohin Edith so oft verschwand.
Es war mittags, als ich gerade noch rechtzeitig sah, wie sie durch den Garten Richtung Wald lief. Ich wies Meisis an, sich auf dem Dachboden versteckt zu halten, und folgte Edith.
Ich ließ den Abstand zwischen uns so groß werden, dass sie meine Schritte nicht hörte, ich sie aber auch nicht aus den Augen verlor. Eine Weile liefen wir so durch den Wald. Schließlich erreichten wir den Fluss. Mücken tanzten über dem Wasser. Dahinter stand die Betonbrücke wie ein zerklüfteter Fels in der Landschaft. Von der Hitze wurde mir schwindelig.
Vorsichtig stieg Edith die Uferböschung nach unten, dabei hielt sie sich am hochstehenden Gras fest, um nicht den Halt zu verlieren. Unten angekommen legte sie ihren Pelz auf einen großen Stein, zog die Schuhe aus und trat ins Wasser. Es reichte ihr an dieser Stelle nur bis zu den Knöcheln. Der Saum ihres Kleides sog sich voll. Für eine Weile stand sie so da, dann bückte sie sich, griff mit der Hand hinein und benetzte ihren Nacken und das Gesicht. Über ihrem Kopf stand eine Libelle unbeweglich in der Luft. Edith zog sie sich ihr Kleid aus und legte es zu dem Mantel auf den Stein. Darunter trug sie ihren perlmuttfarbenen Badeanzug. Ihr Körper war viel muskulöser, als ich ihn in Erinnerung hatte. Sie watete ins Wasser. Die Wellen schwappten ihr erst gegen die Knie, dann gegen die Hüftknochen und schließlich gegen die Brust. Ihr helles Haar, das sie sich zu einem Knoten gebunden hatte, glänzte in der Sonne. Auch das Wasser reflektierte das Licht. Zaghaft schwamm sie ein paar Züge, wurde schneller und schnappte

nach Luft. Die Strömung war stark, sie musste gegen sie ankämpfen. Nur langsam kam sie voran. Sie erreichte die Mitte des Flusses, stoppte und schwamm zurück, immer darauf bedacht, nicht fortgerissen zu werden. Das Wasser spülte sie wieder ans Ufer, wo sie sich nass glänzend erhob und von dort zurück zum Stein mit ihrem Kleid und dem Mantel ging. Sie machte ein zufriedenes Gesicht, dehnte sich, zog sich wieder an und wandte sich zum Gehen. Bevor sie mich entdecken konnte, duckte ich mich hinter einen Baum.
Ich nahm mir vor, sie am nächsten Tag zur Rede zu stellen.

DAS WASSER IST EDITH IMMER NOCH VERTRAUT, SIE SCHWAMM DARIN WIE EIN STÜCK HOLZ, OHNE EIN EINZIGES MAL UNTERZUGEHEN.

68

Früh am nächsten Morgen ging ich zur Kiesgrube. Ich rauchte auf dem Weg fünf Zigaretten, obwohl die Packung danach fast leer war.
Ich blieb oben am Hang stehen. Wolf und Levke hatten ihre Schnapsflaschen zwischen den ausrangierten Autos zurückgelassen. An einer Stelle lag Holz, das von der Sonne ausgeblichen war. An einer anderen waren Kieselsteine zu einem Haufen aufgetürmt. Ich erinnerte mich, dass ich selbst diese Steine geschichtet hatte. Einen Nachmittag hatte ich damit zugebracht, weil ich nicht ins Haus zurückkehren wollte, wo Edith seit Tagen bewegungslos auf dem Sofa lag und noch nicht einmal reagierte hatte, wenn ich meine Hand dicht vor ihr Gesicht hielt.
Als ich mir gerade eine sechste Zigarette anzünden wollte, bemerkte ich, dass auf der anderen Seite der Kiesgrube jemand stand. Es war ein Mädchen, etwas jünger als ich. Sie trug einen Overall, der aussah, als wäre er aus Papier. Aber das Auffälligste waren ihre Haare. Sie waren so rot wie die von Meisis. Auch sie hatte mich entdeckt. Über die Grube hinweg starrten wir uns an, dann machte sie auf dem Absatz kehrt und verschwand im hinter ihr liegenden Wald. Mein Herz klopfte. Ich zwinkerte. Nichts deutete mehr darauf hin, dass es das Mädchen wirklich gegeben hatte. Schnell rannte ich den Abhang hinunter und wäre fast gestürzt, ich konnte mich gerade noch abstützen. Ich hastete durch die Kiesgrube und kletterte auf der anderen Seite wieder nach oben. Dort suchte ich die Stelle ab, wo ich das Mädchen hatte stehen sehen, doch sie hatte nichts zurückgelassen. Noch nicht einmal Abdrücke im

Moos. Ich schlug mich durch das dahinter liegende Gestrüpp, rief etwas in den Wald, lauschte. Doch niemand antwortete mir.

DIE ANHALTENDE HITZE LÄSST MICH HALLUZINIEREN.

69

ICH TRÄUMTE VOM FLUSS. UM MICH HERUM WAR
WASSER. ICH FROR, OHNE SAGEN ZU KÖNNEN, WO ICH
MICH BEFAND. NIRGENDS SAH ICH DAS UFER.
UND DANN EIN SCHUSS. ER ZERSCHNITT DIE TIEFEN,
ZERSCHNITT DEN TRAUM. ICH SCHRECKTE HOCH.

Ich war auf dem Küchentisch eingeschlafen. Die Deckenlampe brannte. Meisis saß mir gegenüber und malte mit einem Kugelschreiber Kreuze auf ein Blatt Papier. Ich fuhr mir über das Gesicht und stützte mich auf.
»Hast du das gehört?«, fragte ich.
Sie nickte zögernd und sagte: »Es klang, als würde etwas zerspringen«. Sie drehte das Papier um und begann, auch auf die Rückseite zu malen.
»Wo ist Edith?«, fragte ich und rieb mir die Augen. Ich hatte sie noch nicht gesehen, seit ich am Nachmittag von der Kiesgrube zurückgekehrt war. Meisis zuckte mit den Schultern. »Vorhin ist sie bei den Brombeerhecken auf und ab gelaufen.«
Ich erhob mich und stellte mich vor das Fenster, doch es war so dunkel, dass mir nur mein eigenes Gesicht in der Scheibe entgegenblickte. Ich wandte mich ab, ging durch den Flur, trat aus dem Haus und rief Ediths Namen in die Nacht, doch ich erhielt keine Antwort. Für einen Moment blieb ich noch draußen stehen, lauschte, aber die Landschaft war still, so still, wie ich es selten erlebt hatte.
Als ich wieder zu Meisis in die Küche kam, sagte ich ihr, dass es Zeit sei, schlafen zu gehen. Widerwillig faltete sie das Blatt Papier zusammen, steckte es ein und folgte mir ins Bad. Vor

dem Spiegel stehend, putzten wir uns die Zähne. Zum ersten Mal fiel mir auf, dass meine Augenringe genauso dunkel waren wie die von Edith. Auch Meisis stand die Erschöpfung ins Gesicht geschrieben. Sie spülte sich den Mund aus und zeigte mir ihre Zähne.
»Und wackelt einer?«, fragte ich.
Sie schüttelte den Kopf.

In Meisis Zimmer öffnete ich das Fenster. Kein Geräusch drang von draußen herein. Meisis machte es sich auf ihrem Schlafsofa gemütlich. Seit Neuestem platzierte sie die Dinge, die sie über den Tag hinweg gefunden hatte, um ihr Kopfkissen herum. Heute lagen dort zwei Kiefernzapfen, ein Zweig, von dem sie die Rinde gepult hatte, und drei Vogelbeeren. Die Zeichnung mit den Kreuzen schob sie unter das Kopfkissen.
»Du bleibst aber, bis ich eingeschlafen bin, oder?« fragte sie.
Ich nickte, schaltete das Licht aus und setzte mich neben das Sofa auf den Teppich. Den Rücken lehnte ich gegen die Wand. Vom Flur drang unter der Tür ein schmaler Spalt Licht hindurch. Der Anblick beruhigte mich, doch wenn ich die Augen schloss, sah ich wieder die sich zerteilenden Wassermassen, also starrte ich in das dunkle Zimmer, in dem die Konturen der Möbel verschwammen.

70

Als ich später in der Küche unsere Teller abwusch, hörte ich von draußen jemanden pfeifen. Ich ging zum Fenster und schaute hinaus. Unter dem Licht über der Tür stand Wolf. Er sah noch verwahrloster aus als beim letzten Mal. Ich nahm ein Messer von der Anrichte und trat zu ihm hinaus.
»Was willst du?«, fragte ich mit gedämpfter Stimme. Die Situation kam mir surreal vor. Unter seinem Käppi war er bleich wie eine getünchte Wand. Nervös wischte er sich die schwitzigen Hände an der Hose ab und sagte: »Wir haben eine totgefahren.«
»Wovon sprichst du?«
»Wir haben mit dem Auto eine totgefahren.« Wolf nahm sein Käppi ab und knüllte es zusammen.
»Ihr habt doch überhaupt kein Auto«, sagte ich.
Wolf und Levke hatten sich früher einen Spaß daraus gemacht, nachts mit ihren Karren über die Landstraßen zu rasen. Es hatte kein Jahr gedauert, bis sie ihre Autos vor den Baum gesetzt und selbst damit noch Glück gehabt hatten. Die blauen Flecken, Platzwunden, die lädierten Körper hatten sie danach zur Schau gestellt, als hätten sie sich in einem bedeutenden Krieg verletzt.
Niemand wollte ihnen seitdem ein Auto leihen, und so mussten sie alle Strecken zu Fuß zurücklegen, oder sie fuhren zu zweit auf einem Fahrrad. Einer auf dem Sattel, der andere stehend auf dem Gepäckträger. In den letzten Jahren waren sie aber auch dafür oft zu betrunken gewesen.
»Levke und ich«, stotterte Wolf, »wir haben uns Pesolts Auto ausgeborgt. Also, wir machen das manchmal, wenn Pesolt zu

viel getrunken hat, weil dann schläft er meist mehrere Tage und bekommt es auch überhaupt nicht mit.«
Ich verstand nicht, worauf Wolf hinauswollte. Ungeduldig trat ich von einem auf den anderen Fuß. »Was hat das mit mir zu tun?«, fragte ich. »Wen habt ihr totgefahren?«
Wolf riss die Augen auf. »Ein Mädchen«, sagte er.
»Was für ein Mädchen?« Ich wurde ungehalten. »Wolf, wovon sprichst du?«
Er kaute auf seiner Unterlippe.
»Sie war nicht von hier«, sagte er.
»Was meinst du, sie war nicht von hier?«
[»Sie hat rote Haare.«]
Ich hielt die Luft an.
»So wie das Kind«, fügte er hinzu.
»Wo ist sie jetzt?«
»Wer?«
»Verdammt, das Mädchen, das ihr totgefahren habt?«
Wolf rieb sich wieder die Hände an der Hose.
»Spuck's aus.«
»Im Kofferraum von Pesolts Auto.«
Ich fluchte. »Bring mich auf der Stelle dorthin.«
Wolf bewegte sich nicht.
»Jetzt sofort«, brüllte ich.

Wolf führte mich durch den Wald. Ich konnte nicht sagen, wie lange wir liefen, doch es kam mir wie eine Ewigkeit vor. Wolf schien es keine Mühe zu machen, sich in der Dunkelheit zu orientieren, während ich schon nach wenigen Metern nicht mehr wusste, in welche Himmelsrichtung wir uns bewegten.

Pesolts Auto stand mitten auf der Fahrbahn. Levke lehnte an der Kühlerhaube. Als sie uns sah, fluchte sie: »Wieso habt ihr so lange gebraucht?« Genau wie Wolf schien sie sich noch immer in einem Schockzustand zu befinden.

»Ich will sie sehen«, sagte ich.

Levke führte mich um das Auto herum und öffnete den Kofferraum.

Es war das Mädchen von der Kiesgrube. Rot leuchteten ihre Haare. An der Stirn hatte sie eine Platzwunde. Ich beugte mich vor. An ihrem Handgelenk schimmerte ein Perlmuttarmreifen. Es war der, den ich auf den Baumstamm gelegt hatte. Mein Herz begann schneller zu schlagen. Ich griff nach ihrem Arm, tastete nach ihrem Handgelenk und fuhr zurück.

»Sie lebt noch«, sagte ich.

Wolf stürzte neben mich. »Bist du dir sicher?«

»Ich spüre ihren Puls.«

Levke schubste Wolf beiseite und griff selbst nach dem Handgelenk des Mädchens. »Skalde hat Recht.«

»Was machen wir jetzt?«, fragte Wolf und ging auf und ab.

»Wir bringen sie in unser Haus, bevor uns jemand sieht«, sagte ich. Kurz wurde mir schwarz vor Augen. Ich musste mich am Auto abstützen.

Wolf berührte meine Schulter. »Alles okay?« Ich schlug seine Hand weg.

»Ja, alles gut.«

Ich stieß mich vom Auto ab, öffnete die Tür und schob mich auf die Rückbank. Levke stieg hinter das Steuer, Wolf setzte sich auf den Beifahrersitz. Als ich aus dem Fenster schaute, sah ich eine Katze im Unterholz. Ihr weißes Fell schmutzig. Es schien mir, als bemerkte sie meinen Blick. Das Auto fuhr an, ich verrenkte mir den Kopf nach der Katze und sah, wie sie sich duckte und im Wald verschwand.

Ohne Licht fuhren wir die Straße entlang. Niemand sagte etwas. Als wir das Haus erreichten, war ich die erste, die ausstieg. Ich öffnete den Kofferraum.

»Ihr müsst mir helfen, sie ins Haus zu tragen«, sagte ich und umfasste den Oberkörper des Mädchens, Levke nahm die Beine, und gemeinsam trugen wir sie durch die Tür, die Wolf uns aufhielt und legten sie im Wohnzimmer auf das Sofa. Ich überprüfte den Puls des Mädchens. Der leichte Herzschlag war noch immer zu spüren.

»Und jetzt?«, fragten Wolf und Levke und schauten mich an.

»Das Auto, ihr müsst es zu Pesolt zurückbringen.«

Sie nickten, machten aber keine Anstalten, zu gehen. Ich stand auf und schob sie zur Tür.

»Ich bekomme das hier hin, beeilt euch, bevor Pesolt wach wird.«

Endlich gaben sie sich einen Ruck.

Als sie losgefahren waren, schloss ich die Tür und drehte den Schlüssel im Schloss. Erschöpft lehnte ich mich gegen das Holz.

Meisis kam die Treppe nach unten. Verschlafen schaute sie mich an.

»Bist du weg gewesen?«, fragte sie und rieb sich die Augen.

Ich hockte mich vor sie und zog sie zu mir heran.

»Im Wohnzimmer ist jemand«, sagte ich, »aber du musst keine Angst haben.« Ich nahm sie an der Hand und führte sie hinein. Als sie das rothaarige Mädchen sah, riss sie sich von mir los und stürzte zum Sofa.

»Was ist mit ihr?«, fragte Meisis.

»Sie hatte einen Unfall. Aber sie lebt.«
Ich stellte mich neben sie und wollte von ihr wissen, wer das Mädchen war.
Meisis presste die Lippen zusammen.
»Du sagst mir jetzt sofort alles, was du weißt.«
»Metta.«
»Was?«
»Das ist meine Schwester Metta.«
Ich musste mich setzten. »Deine Schwester? Aber wieso ist sie hier? Woher kommt sie?«
»Sie war die ganze Zeit hier.«
»Hier in der Gegend?«
Meisis' Nicken war zögernd. »Sie hat sich versteckt. Sie ist gut im Verstecken. Niemand ist so gut im Verstecken wie Metta.«
»Du wusstest die ganze Zeit, dass sie hier ist?«
»Es war Mettas Idee. Ich wollte mich auch verstecken, aber ich werde immer entdeckt. Und unser Proviant war alle. Metta hat gesagt, ich muss mich finden lassen, damit ich wieder richtig essen kann, so viel, dass ich es schaffe, mit ihr weiterzugehen.«
»Weiter wohin?«
»Zum Meer. Weg von der Hitze. Dort, wo wir herkommen, ist alles verbrannt.«
»Euch ist die Flucht aus den toten Gebieten gelungen?«
»Metta hat erkannt, dass wir dort nicht bleiben können. Ganz früh schon hat sie es erkannt und dann sind wir alleine losgelaufen, weil niemand auf uns hören wollte.«
»Die anderen sind dageblieben?«
Meisis nickte.
»Wieso wollt ihr zum Meer?«, fragte ich.

»Metta sagt, auch hier wird alles verbrennen.«
»Unsere Gegend ist sicher«, sagte ich mit Nachdruck.
Meisis schüttelte den Kopf.
»Aber vom Meer kommt das kranke Wild. Sie flüchten von dort«, sagte ich.
»Metta sagt, das Meer ist unsere letzte Chance.«
Ich erhob mich. Mir war schwindelig, fast hätte ich das Gleichgewicht verloren.
»Ich muss Edith finden«, sagte ich und verließ das Wohnzimmer. Ich stieg in den zweiten Stock und wollte Ediths Zimmertür öffnen. Sie war abgeschlossen. Überrascht stand ich davor und drückte erneut die Klinke nach unten, doch sie ließ sich nicht öffnen. Ich rief Ediths Namen und klopfte. Kein Geräusch drang zu mir in den Flur.
Die Brechstange hing im Schuppen an der Wand. Ich nahm sie vom Haken und ging zurück nach oben. In kürzester Zeit hatte ich die Tür aufgehebelt.
Das Licht brannte und erhellte den Raum. Ich trat auf den Spiegelschrank zu und stand mir selbst gegenüber. Mein ausgemergelter Körper kam mir vor wie der einer Fremden. Die Lippen waren trocken und aufgesprungen. Die Sonne hatte meine Haare noch weiter ausgeblichen. Die Sommersprossen lagen wie Schmutz auf meiner Haut. Zum ersten Mal fand ich, dass ich Edith ähnlich sah.
Vorsichtig öffnete ich die Schranktüren. Im Inneren stand der Rollkoffer. Ich holte ihn heraus. Er konnte nicht leer sein, dafür war er zu schwer. Ich legte ihn auf das Bett und öffnete ihn. Fein säuberlich waren darin ein paar von Ediths Kleidern zusammengelegt, auch eine Tüte mit ihrem Schmuck, sowie der weiße Pelzmantel für Meisis. Ich nahm alles heraus, ganz unten entdeckte ich zwei T-Shirts und eine Hose, die mir

gehörten. In meinem Brustkorb verschob sich etwas. Edith hatte für eine Flucht gepackt. Nach allem, was passiert war, hatte sie daran festgehalten, dass wir zu dritt gehen würden. Deutlich sah ich vor mir, wie hoffnungsvoll sie alles im Koffer verstaut hatte. Ich musste mich abwenden. Es schnürte mir die Kehle zu.

»Hast du Edith gefunden?«, fragte mich Meisis, als ich nach unten ins Wohnzimmer kam. Ich schüttelte den Kopf.
»Sie ist sicherlich draußen unterwegs«, sagte ich und versuchte, nicht besorgt zu klingen.

71

Ich fühlte mich fiebrig. Benommen setzte ich mich auf. Hell fiel das Licht in den Raum. Die Sonne musste gerade aufgegangen sein. Ich erhob mich und ging nach unten. Ediths Zimmer war unverändert. Ich öffnete die Tür zum Bad, die Wanne war leer. Auch in der Küche deutete nichts darauf hin, dass Edith zurückgekehrt war.
Ich holte Zwiebeln aus der Speisekammer, schnitt sie in grobe Stücke und füllte sie in einen Topf. Als ich Wasser hineingoss, hörte ich ein Maunzen. Ich ging zum Fenster und blickte hinaus. Neben dem Pool saß eine Katze im Gras, blickte zum Haus und stieß helle Klagelaute aus.
»Wir sollten sie ins Haus lassen«, sagte Meisis, die im Türrahmen aufgetaucht war. »Sie sucht Metta.«
Zögernd nickte ich. Meisis öffnete die Hintertür. Die Katze drückte sich an ihren Beinen vorbei und lief ins Wohnzimmer.
»Sie hat Metta geholfen, sich zu verstecken«, erklärte mir Meisis.
»Die Katze?«
Sie nickte. Ich wandte mich wieder der Suppe zu und rührte sie um. Ohne aufzuschauen, sagte ich: »Wieso hast du mir nicht die Wahrheit erzählt?«
Meisis schwieg. Ich legte den Deckel auf den Topf und drehte mich zu ihr um.
»Das möchte ich jetzt gerne von dir wissen.«
»Metta hat gesagt, ich darf mit niemandem über sie sprechen.«
»Selbst mit mir nicht?«

»Ich hatte Angst.«
»Angst wovor?«
»Dass du den anderen von ihr erzählst.«
Verletzt sah ich sie an.
»Es tut mir leid«, sagte Meisis.
Ich wollte den Topf vom Herd nehmen, aber meine Hände zitterten zu sehr.
»Du hast mich ausgenutzt«, sagte ich.
»Das stimmt doch nicht«, protestierte Meisis, aber ich wollte es nicht hören.
»Ich muss Edith suchen«, sagte ich, schob mich an ihr vorbei und ging nach draußen in den Garten. Das Sonnenlicht war so grell, dass es in den Augen schmerzte. Ich flüchtete in den Wald, lief immer weiter, achtete kaum auf den Weg. Es war ein Zufall, dass ich die Lichtung fand. Unberührt lag sie da. Ich trat zwischen den Bäumen hervor. Auf der kreisrunden Fläche verdichtete sich der Geruch des Kiefernwaldes. Das war schon immer so gewesen, deshalb hatte ich mir die Hütte hier hingebaut. Auf der Lichtung hatte ich das Gefühl gehabt, dem Wald am nächsten zu sein.
»Skalde?«, hörte ich Meisis rufen. Ich antwortete nicht. In meinen Ohren rauschte das Blut. Meisis trat hinter einem Baum hervor. Zwischen uns lag nur noch die Lichtung. Wir sahen uns an. Ich hatte ein Gefühl, als wären Jahre vergangen, seit wir das letzte Mal hier gestanden hatten.
»Lüg mich nie wieder an, hörst du«, rief ich.
Meisis nickte und kam auf mich zu. Ich blieb, wo ich war.
»Ich verspreche es dir«, sagte sie, als sie mich erreichte. Meinem Blick hielt sie stand.
»Gut«, sagte ich und nach einer längeren Pause: »Lass uns zurück zum Haus gehen.«

Als wir ins Wohnzimmer kamen, war Metta bei Bewusstsein. Aufrecht saß sie auf dem Sofa. In ihrem Schoß lag die Katze und schnurrte. Metta schien nicht überrascht, uns zu sehen. Unschlüssig blieb ich im Türrahmen stehen.
»Wie geht es dir?«, fragte Meisis und hockte sich neben ihre Schwester.
»Hatte ich einen Unfall?«, fragte Metta. Meisis nickte.
»Hier bist du in Sicherheit«, sagte ich und versuchte ein Lächeln. Metta erwiderte es.
»Du solltest dich in den nächsten Tagen noch ausruhen. Wahrscheinlich hast du eine Gehirnerschütterung.«
Metta fasste sich an den Kopf und tastete nach der Wunde, auf der sich bereits Schorf gebildet hatte. »Danke«, sagte sie.
»Ich habe nicht viel gemacht.«
»Du hast Meisis aufgenommen.«
»Ja«, sagte ich und wusste nicht, wohin mit meinen Händen.

72

Gegen Mittag war Edith noch immer nicht wieder aufgetaucht. Mich erfasste eine starke Unruhe. Ich ging auf und ab. Metta war eingeschlafen, auch die Katze döste, aber Meisis gelang es nicht, still zu sitzen. Ständig hob sie den Kopf und blickte zur Tür.
»Ich werde Edith suchen«, sagte ich und zog mir meine Schuhe an. Meisis sprang auf. »Ich komme mit.«
»Willst du nicht bei Metta bleiben?«
Sie schüttelte den Kopf. »Hier im Haus ist sie doch sicher. Ich will dir helfen.«
Sie ging ins Wohnzimmer. Durch die offenstehende Tür konnte ich sehen, wie sie sich über ihre Schwester beugte und flüsternd mit ihr sprach. Die Vertrautheit zwischen den beiden schmerzte mich, das konnte ich nicht abstreiten, und ich schämte mich dafür.

Der Pick-up stand vor dem Haus, so, wie ich ihn Tage zuvor geparkt hatte. An der Windschutzscheibe klebten vom Fahrtwind zerdrückte Fliegen. Sie erinnerten mich an aufgeplatzte Brombeeren. Ich setzte mich hinter das Steuer. Meisis kletterte auf den Beifahrersitz. Die Füße in den zu großen Turnschuhen schob sie auf das Armaturenbrett. Ich klappte die Sonnenblende nach unten, startete den Motor und fuhr los.

Es war ein besonders heißer Tag. Ich spürte, wie mir der Schweiß unter meinem T-Shirt den Rücken hinablief. Überall in der Gegend war der Holunder verblüht. Faulend hingen die schweren Stauden an den Bäumen. Meisis hatte einen

Arm aus dem halb geöffneten Fenster geschoben. Der Fahrtwind wirbelte ihre Haare auf. Eine Fliege war hereingeflogen und umkreiste uns brummend. Es gelang mir nicht, sie zu verscheuchen.

Ich fuhr so langsam, dass ich die Landschaft links und rechts genau mustern konnte. Auch Meisis verrenkte sich den Kopf, damit ihr nichts entging.

Wir bogen auf die Straße ein, in der die drei Mirabellenbäume standen, und ich wusste es sofort. Mein Magen zog sich zusammen. Ich blinzelte, vor meinen geschlossenen Lidern stürzte das Wasser. Ein Schuss hallte nach. Der Pick-up wurde immer langsamer. Meine Hände erschlafften, direkt vor den Bäumen kamen wir zum Stehen.

Schwer lag die Mittagsdämse über dem Land.

»Wieso halten wir?«, fragte Meisis. Ich gab ihr keine Antwort. Meine Hände rutschten vom Steuer. Ich wandte den Kopf und schaute durch das heruntergekurbelte Fenster zu den Mirabellenbäumen. Die Früchte waren inzwischen reif. Einige von ihnen faulten sogar schon, obwohl sie noch an den Ästen hingen. Das Summen der Wespen wehte zu uns herüber. Doch auch andere Insekten wurden von den Bäumen angelockt. Deutlich konnte ich einen Schwarm Fliegen erkennen, der über einer Stelle am Boden kreiste, immer wieder aufstob, um sich dann erneut zu setzen.

Erst da bemerkte ich die Hunde. Sie kauerten im Schatten der Bäume im hohen Gras. Es waren viele, sie mussten von den umliegenden Höfen hierhergekommen sein.

Langsam öffnete ich die Tür. Mein Körper fühlte sich taub an, doch es gelang mir, einen Fuß vor den anderen zu setzen. Wie in Trance bewegte ich mich auf die Bäume zu. Von irgendwo weit entfernt rief Meisis nach mir. Ich drehte mich nicht um, ging nur weiter auf die Stelle zu, an der sich das Summen der Fliegen verdichtete. Die Hunde bewegten sich nicht, die einzige Regung, die sie zeigten, war ein tiefes Knurren, aber es galt nicht mir.

[Ediths verrenkter Körper war fast nicht zu sehen im hohen Gras.] Sie lag auf dem Bauch. Matt schimmerte das schwarze Fell ihres Mantels. Ihr helles Haar bedeckte den Boden wie ein ausgebreiteter Fächer. Dazwischen die gelben und roten Mirabellen im süßen Saft. Alles krabbelte. Das Summen der Fliegen wurde übermächtig. Benommen hockte ich mich neben sie und drehte ihren Körper auf den Rücken. Ihr Gesicht war weiß wie Papier, die Augen verdreht. Blut klebte an ihrem Mund. Blut auch an ihrem Bauch, der Brust. Bereits eingetrocknet. [Drei klar zu erkennende Schusswunden.] → wie angedroht Aus ihrer Manteltasche lugte der Rand einer Plastiktüte. Ich zog daran. Sie war gefüllt mit Mirabellen. Auch hier die Fliegen. Sofort ließ ich die Tüte fallen.

Ich dachte das Wort PROVIANT und sah vor meinem inneren Auge Edith, Meisis und mich mit dieser Plastiktüte durch ein endloses Gewässer schwimmen. Das Rot und Gelb der Früchte leuchtend. Wie wir triefend das andere Ufer erreichten, die Tüte noch immer in den Händen, und wie wir die Böschung hochkletterten und uns in Richtung Küste auf den Weg machten.

Ich blinzelte und tastete nach meinem Hals, um den ich noch immer die Schlüssel des Kellers und der Speisekammer trug. Das Summen der Insekten, war in einen hinteren Teil meines Kopfes gerutscht. Ich hörte es, als befände ich mich unter Wasser. Mit den Armen umschlang ich Ediths Körper, hob sie hoch und trug sie über die Straße zum Pick-up. Kreidebleich schaute Meisis aus dem Fenster. Ich hievte Edith auf die La-

defläche, taumelte nach vorne und rutschte auf den Sitz. Die Hunde waren mir gefolgt, sie hatten sich hinter dem Wagen aufgestellt. Es waren sicherlich über zwanzig Tiere. Als ich losfuhr, folgten sie dem Auto. Meisis entwich kein Ton. Sie saß wie versteinert.
Es kam mir vor, als betätigte jemand anderes das Gaspedal, die Kupplung, den Schaltknüppel. Das Auto wurde gefahren, während ich immer weiter in das Innere meines Körpers sank.

Ich kam wieder zu mir, als mir jemand Wasser ins Gesicht schüttete. Gösta hatte sich über mich gebeugt. Sie ließ die Hand mit dem Glas sinken. Ich zitterte.
»Komm aus dem Auto raus«, sagte sie und öffnete die Tür. Ich schob mich vom Sitz und rutschte in ihre Arme. Sie schleppte mich durch den Vorgarten, an den Hunden vorbei, die neben dem Weg zum Haus Spalier standen. Hier war der Holunder noch nicht verblüht. Der Geruch kam mir wie aus der Zeit gefallen vor. Als wir die Schwelle passieren wollten, drehte ich mich zum Auto um.
»Edith«, sagte ich und deutete auf die Ladefläche, doch die war leer.
»Ich weiß«, Gösta zog mich behutsam weiter, »sie ist drinnen.«
Ich versuchte, zu schlucken, aber es gelang mir nicht. Mein Mund war staubtrocken. Gösta brachte mich in die Küche. Am Tisch saß Meisis, hinter ihr stand Len, die Hände hatte sie auf der Lehne abgestützt. An ihren Fingern war Blut. Ich ließ mich ihnen gegenüber auf den Stuhl fallen. An der Spüle füllte Gösta zwei Gläser mit Leitungswasser und stellte sie vor uns hin. Ich griff danach, doch meine Hand rutschte ab.

»Was genau ist passiert?«, fragte Len. Meisis und ich schwiegen. Ich konnte meinen Blick nicht von dem Wasserglas abwenden.
»Verdammt, Mädchen, ihr müsst mit uns sprechen«, sagte Gösta.
Ich versuchte erneut, nach dem Glas zu greifen, diesmal gelang es mir. In einer mir ewig erscheinenden Bewegung führte ich es zum Mund. Ich trank einen Schluck und stellte es zurück.
»Sie muss in den Baum geklettert sein«, sagte ich, »um Mirabellen zu pflücken.«
Len runzelte die Stirn.
»Es sind Pesolts Bäume. Er hat auf sie geschossen«, sagte ich.
Ich wollte einen weiteren Schluck aus dem Glas nehmen, aber meine Hände versagten. Ich faltete sie im Schoß.
»Das hat Pesolt nicht wirklich getan?«
»Vor ein paar Wochen waren Meisis und ich schon einmal da und wollten sie ernten. Er hat gedroht, auf uns zu schießen, wenn er uns ein zweites Mal in der Nähe seiner Bäume sieht.«
Meisis wischte sich über das nasse Gesicht.
»Mein Gott«, sagte Gösta und ballte die faltigen Hände zu Fäusten. »Das Gewehr von Pesolt hat früher mir gehört.«
Es dauerte einen Moment, bis ich verstand, was Gösta gesagt hatte.
»Dein Gewehr?«, fragte ich.
»Sie wollten mich auch drankriegen. Ich habe Pesolt das Gewehr überlassen. Er hatte schon lange ein Auge darauf geworfen, das wusste ich. Damit konnte ich ihn überzeugen, uns endlich in Ruhe zu lassen.«

»Du hast Pesolt deine Waffe überlassen?«
»Wir hatten keine andere Wahl«, sprang Len Gösta zur Hilfe.
»Ich habe für das Kind gebürgt, erinnerst du dich? Wenn ich das nicht getan hätte, hätte ich ihm auch nie irgendetwas geben müssen.«
Ich sank in meinen Stuhl zurück.
»Entschuldige«, sagte ich.
Gösta nickte. »Du hast ja Recht. Aber ich hätte niemals gedacht, dass er das Gewehr auch benutzen würde.«
Ich starrte auf die Maserung des Tisches.
»Wo ist Edith jetzt?«, fragte ich.
Gösta machte eine Kopfbewegung Richtung Wohnzimmer.
»Wir haben sie auf das Sofa gelegt.«
Ich nickte und erhob mich.
»Wo willst du hin?«, fragte sie.
»Edith holen, und dann fahren wir zurück zum Haus«, antwortete ich entschieden.
»Wollt ihr nicht lieber hierbleiben?«, fragte Len. »Was wollt ihr im Haus?«
»Edith muss beerdigt werden.«
»Das kann doch warten«, Gösta stellte sich mir in den Weg. »Bleibt lieber hier. Niemand vermutet euch bei uns.«
»Wir sind nirgendwo mehr sicher. Auch nicht bei euch«, sagte ich und gab Meisis ein Zeichen. Sie sprang auf und griff nach meiner Hand. Gemeinsam schoben wir uns an Gösta und Len vorbei in den Flur.
Das Licht im Wohnzimmer war diffus. Auf dem Fernseher liefen die gleichen Aufnahmen, die ich Monate zuvor mit Gösta gesehen hatte. Jetzt kamen sie mir fremd vor. Ediths to-

ter Körper lag aufgebahrt auf dem Sofa. Ich beugte mich über sie und hob sie hoch. Sie war leicht. Ich musste an Treibholz denken. Ich trug sie durch den schmalen Flur. Meisis lief vor mir weg und öffnete die Haustür. Sonnenlicht blendete mich. Ich kniff die Augen zusammen und stolperte die Treppen nach unten. Edith legte ich auf die Ladefläche. Ihr Mund war leicht geöffnet. Blut schimmerte auf ihren Zähnen.

»Nimm wenigstens das«, rief Gösta. Sie kam aus dem Haus geeilt und reichte mir eine Decke. Gemeinsam wickelten wir Ediths Leichnam darin ein. Meisis stand schweigend daneben.

»Passt auf euch auf«, sagte Gösta zum Abschied. Ich wollte ihr die Hand geben, doch sie trat einen Schritt auf mich zu und umarmte mich. Durch ihre Kleidung spürte ich jeden Knochen. Auch Meisis zog sie zum Abschied an sich. Len trat aus der Tür und kam zu uns.

»Lasst euch nicht unterkriegen«, sagte sie.

Ich küsste sie auf die Wangen, und wir stiegen in den Pick-up. Als wir davonfuhren, winkten sie uns nach. Die Hunde folgten uns bellend.

73

Wir fanden das Haus so vor, wie wir es zurückgelassen hatten. Meisis half mir, Ediths toten Körper nach drinnen zu tragen.
»Wenn es dunkel ist, fange ich an, das Loch zu graben«, sagte ich und stellte mich in der Küche vor das Fenster. Die Hunde saßen im Schatten des Hauses und rührten sich nicht. Das Wasser im Pool war inzwischen braun geworden. Die Oberfläche lag so glatt da, dass sich der Himmel darin spiegelte. Ich versuchte, mir vorzustellen, dass Edith darin schwamm, aber der Pool blieb leer.
Ich stand solange am Fenster, bis die Sonne untergegangen war. Die Schatten wurden länger, und das Blau verlor sich im Schwarz.
Draußen begrüßten mich die Hunde. Sie folgten mir zum Schuppen, aus dem ich den Spaten holte, und liefen mir hinterher zum Fliederstrauch vor dem Haus. Dort begann ich, ein Loch zu graben. Meine Bewegungen waren mechanisch. Das Taubheitsgefühl kehrte zurück. Schloss ich die Augen, sah ich die herabstürzenden Wassermassen. Der Schuss war jetzt klar zu hören. Um mich herum dösten die Hunde.

Metta und Meisis kamen zu mir nach draußen. Sie brachten mir eine Taschenlampe und halfen mir beim Graben. Wir arbeiteten schweigend. Nur das Geräusch der Spaten in der trockenen Erde war zu hören. Der Schweiß verklebte uns die Kleidung. Immer wieder ging Meisis zur Pumpe und holte Wasser, das wir hastig tranken. Eine Pause machten wir nicht.
Erst im Morgengrauen waren wir fertig. Das Loch war etwa

anderthalb Meter tief. Erdverschmiert standen wir da, während über dem Kiefernwald die Sonne aufging.
Zusammen mit Metta holte ich Ediths Leichnam aus dem Haus und wir ließen sie auf dem Laken zum Grubengrund hinab. Auch ihren Schmuck und ihre Kleider legten wir zu ihr ins Grab, den Badeanzug ganz zuletzt.
Jemand pfiff, wir fuhren herum. Aus dem Wald kam Kurt. Unter seinem Kaninchenfellmantel trug er einen zerknitterten Anzug. Sein Gesicht war ernst, er nickte uns zu. Ich wollte etwas sagen, aber er schüttelte den Kopf.
»Ich weiß«, sagte er bloß.
»Was sagt man bei einer Beerdigung?«, fragte ich ihn. Metta und Meisis senkten die Köpfe.
»Das liegt ganz bei dir.«
Hilflos sah ich ihn an.
»Vielleicht etwas, das Edith gefallen hätte«, sagte er. »Wartet einen Moment.«
Er ging ins Haus und kam nach kurzer Zeit wieder heraus. In der Hand hielt er ein schmales Büchlein mit abgegriffenem Einband. Er gab es mir in die Hand. Ich schlug es auf und erkannte die Gedichte. Edith hatte sie alle auswendig gekonnt. Mit durchgedrücktem Rücken stellte ich mich an das frische Grab und las mit dunkler Stimme vor:

bernstein

ein manöver an der ostsee
als hielte sich das licht unter den schallwellen von
    geschossen
die man zur probe an die kalte schläfe
dieses himmels legt

es ist nicht so gemeint
dass dieser luftraum seine dörfer ganz vergisst
störche kommen
du siehst die bilder dieser flinten in den läufen
murmelt zukunft vor sich hin

es sind nur pflaumen die
ausgetrocknet schwarz zwischen den blüten hängen
schwarze falter täuschungen des lichts

oder die gräben um die felder
die nun ausgerichtet sind.

Als ich verstummte, breitete sich eine weiche Stille aus. Der Himmel war von einem dunklen Blau, wie hundert Meter tiefes Wasser.

ICH TRÄUMTE, WIE DER FLUSS STIEG UND ÜBER DAS UFER TRAT. ER ÜBERSCHWEMMTE ERST DEN WALD, DANN DIE WIESEN, SCHLIESSLICH DIE HÄUSER. LAUTLOS GING DIE GEGEND UNTER.
ICH TRÄUMTE, ICH GING IN DIESEM WASSER BADEN. ICH TRUG EDITHS WEISSEN BADEANZUG UND SCHWAMM IN REGELMÄSSIGEN ZÜGEN, TIEF UNTER MIR DIE VERSUNKENE LANDSCHAFT, UND ERST, ALS ICH DIE MITTE DES ENTSTANDENEN SEES ERREICHTE, BEMERKTE ICH, DASS DAS WASSER SALZIG SCHMECKTE.

Ich wachte auf und wusste nicht, wo ich war. Das Licht hatte keine Beständigkeit. Ich fuhr mir über die Augen. An meinen Händen klebte Erde. Es gelang mir, den Blick zu fokussieren und mich aufzusetzen. Ich hatte neben dem Grab geschlafen. Die Hunde waren verschwunden. Ein schwerer Geruch lag in der Luft. Ich drehte mich nach dem Fliederstrauch um, zwischen den fleischigen Blättern waren hellviolette Blüten aufgeplatzt. Es war das erste Mal seit Jahren. Ich legte mich hin und nahm mir vor, nie wieder aufzustehen.

74

Die Tage, die folgten, erscheinen mir jetzt, rückblickend, seltsam verzerrt. Ich kann mich nicht daran erinnern, ob ich überhaupt schlief, nur einzelne Szenen stehen mir klar vor Augen, was zwischen ihnen passiert ist, hat sich aufgelöst.

Ich erinnere mich daran, dass Meisis den weißen Kaninchenfellmantel trug, den Edith ihr genäht hatte. Wie ein Schneehase saß sie darin im Schatten des Hauses, draußen im Garten, der Hitze zum Trotz.

Ich erinnere mich daran, wie Metta zwischen den Büchern im Wohnzimmer hockt und Meisis ein Märchen vorliest, in dem sieben Brüder verschwinden, während ich auf dem Teppich liege und mit dem Blick Muster an die Decke male.

Ich erinnere mich daran, wie Kurt in der Küche Zwiebelsuppe kocht und das Kind damit füttert, weil es die Arme nicht bewegen kann, und wie er auch mir etwas von der Suppe einflößt und dabei leise auf mich einspricht.

Ich erinnere mich daran, wie ich in der Küche vor dem Fenster stehe und die Sonne aufgehen sehe, und dann schließe ich die Augen, und als ich sie wieder öffne, ist es Abend, und die Dunkelheit zieht über das Land.

Ich erinnere mich daran, wie ich mit Metta und Meisis in Ediths Schrank sitze und wir im Licht der Taschenlampe die Bilder vom Meer betrachten, und das Radio steht zwischen uns, und wir hören das leise Rauschen, das abebbt und wieder lauter wird, so wie Edith das Geräusch der Wellen beschrieben hat.

Ich erinnere mich daran, wie wir im Garten stehen und im letzten Licht leere Schneckenhäuser sammeln und sie zwischen Steinen zerdrücken, stundenlang, bis wir keins mehr finden und unsere Hände staubig sind.

An das alles erinnere ich mich, aber vielleicht habe ich es auch nur geträumt.

75

Ich schreckte hoch und schnappte nach Luft, als hätte ich mich zuvor unter Wasser befunden. Zum ersten Mal nahm ich meine Umgebung wieder klar und deutlich wahr. Scharfkantig schnitt das Sonnenlicht in das Wohnzimmer. Ich erhob mich vom Teppichboden.

Ich fand Meisis und Metta in der Küche, wo sie am Tisch saßen und mich mit ernsten Gesichtern ansahen. Zu ihren Füßen hockte die Katze und bewegte sich nicht. Nur ihr Schnurren war zu hören.
»Wir werden über den Fluss gehen«, sagte Metta, »bevor uns die Leute holen kommen.«
»Was?«
»Wir können nicht länger warten.«
»Wenn ihr versucht, über den Fluss zu kommen, werdet ihr ertrinken.«
»Ich habe trainiert. Ich kann es schaffen. Auch mit Meisis zusammen.«
»Aber ihr wisst nicht, was euch auf der anderen Seite erwartet.«
»Wir können nicht hierbleiben. Wir müssen unser Glück versuchen.«
»Komm mit uns mit, Skalde«, sagte Meisis. Ich starrte aus dem Fenster.
Der Garten lag unverändert da. Ich wünschte mich in den Kiefernwald. Flach auf dem Boden liegen und das Gefühl für den Körper verlieren.
Nach einer langen Pause sagte ich: »Ich kann nicht.«

»Es ist nur eine Frage der Technik«, sagte Metta, »ich kann es dir beibringen.«
Ich schüttelte den Kopf. »Die Gegend. Ich gehöre hierher.«
»Es wird auch hier immer wärmer werden, das wirst du nicht verhindern können«, sagte Metta.
Ich schwieg und fuhr mit dem Finger die Maserung des Küchenbuffets nach. Die Katze sprang auf Meisis' Schoß und rollte sich zusammen. Die Augen zu schmalen Schlitzen verengt.
»Skalde, bitte«, sagte Meisis.
»Ich werde darüber nachdenken«, sagte ich, drehte mich um und ging nach draußen. Im Vorgarten blühte noch immer der Flieder. Ich stellte mich so dicht davor, dass der Geruch das einzige war, was ich wahrnahm.

EIN VERTRAUTES GEBIET VERLASSEN, IN DEM ICH MICH BLIND BEWEGEN KÖNNTE.
WAS BLEIBT BESTEHEN, UND WAS BLEIBT ÜBRIG,
WENN ICH GEHE? WER WIRD SICH AN DEN VON MIR ZURÜCKGELEGTEN WEG ERINNERN?

76

Mit dem Pick-up fuhr ich zu Gösta und Len. Auf dem Weg passierte ich die Mirabellenbäume. Keine einzige Frucht hing mehr an den Zweigen. Als wäre nie etwas passiert. Ich schüttelte den Kopf.

Ich erreichte das Haus und wusste sofort, dass etwas verschoben war. Mit pochendem Herzen klopfte ich, aber niemand machte mir auf. Ich probierte, die Klinke nach unten zu drücken, die Tür war nicht abgeschlossen.
Drinnen rief ich Göstas und Lens Namen, doch ich erhielt keine Antwort. Im Wohnzimmer roch es nach Schweiß. Der Fernseher war ausgeschaltet. Die Küche wirkte wie gerade geputzt. Nichts lag herum. Ich beugte mich über die Spüle und bemerkte Reste von SCHÖLLKRAUT. Kleine gelbe Blüten und dunkelgrüne Blätter. Wahrscheinlich überkam mich da eine erste Ahnung.
Ich trat aus der Hintertür und lief durch die Hitze zum Gemüsegarten. Inmitten der Beete stand die Liege. Göstas und Lens Körper darauf. Sie hielten einander, die Augen geschlossen, aber sie schliefen nicht. Dass sie ihren Tod selbst gewählt hatten, hatte etwas Friedliches, und trotzdem war nichts mehr, wie es sein sollte. Ich verlor den Halt, rutschte, lag. Alles, was ich sah, war der Himmel, das ebenmäßige Blau. Ich bewegte mich nicht, und mein Blick verlor sich.
Irgendwann bemerkte ich hoch oben einen Punkt, eine Störung in der Farbe. Der Punkt kam näher, wurde größer. Es war eine Möwe. Sie sank weiter herab und kreiste über dem Garten; für einen Moment stand sie unbewegt in der Luft. Dann

ließ sie sich vom Wind wieder nach oben tragen, stieg höher und höher und verschwand in Richtung Norden, dorthin, wo das Meer lag. Bis dahin hatte ich nie an Zeichen geglaubt.
Ich stand auf, hockte mich neben die toten Frauen, verabschiedete mich, indem ich ein letztes Mal ihre Hände berührte.
Im Haus suchte ich alles ab, nach einer Nachricht, die sie mir hinterlassen hatten. Was ich fand, war eine Tüte, mittig auf ihrem Bett platziert. In ihr zwei Schwimmwesten. Vernähtes Styropor. Leuchtreflektoren. In meinem Kopf tauchte das Bild des Flusses auf, das Wasser nicht mehr unüberwindbar. In der Tüte war außerdem eine Videokassette. AUFNAHMEN DER GEGEND. DAS LETZTE JAHR, hatte Len auf den weißen Klebestreifen geschrieben, und dazu eine Notiz: DAS FORTGEHEN HAT NOCH NIEMANDEM GELEGEN.
Ich steckte alles ein und verließ das Haus.

77

Der Flieder war fast verblüht. In wenigen Tagen würde nichts mehr an die schweren Stauden erinnern. Ich parkte den Pickup neben dem Sandweg, so, wie ich ihn immer geparkt hatte, nur dass es das letzte Mal sein würde. Lange starrte ich durch die Windschutzscheibe zum Haus. Ich versuchte, mir den Anblick einzuprägen, und wusste doch, dass es mir nicht gelingen würde, alles in seiner Deutlichkeit zu behalten.
Ich stieg aus. Der Sand knirschte unter meinen Füßen. Bevor ich die Tür öffnete, fuhr ich über die Stellen, wo der Lack abplatzte.
Im Flur griff ich mir Ediths Mantel, der auf den Steinfliesen lag, und zog ihn an. Im Spiegel begegnete mir mein trotziger Blick.
Meisis und Metta saßen in der Küche. Es kam mir vor, als hätten sie sich, seitdem ich das Haus verlassen hatte, nicht bewegt. Nur die Katze war verschwunden. Ich stellte mich vor sie und sagte: »Lasst uns gehen.«
Ich sammelte meine Zettel ein. Ich hatte sie wirklich überall im Haus versteckt und in jede erdenkliche Lücke geschoben. Auf dem Küchentisch stapelte ich die beschriebenen Papiere. Die Jahre zu Wörtern und Buchstaben komprimiert. Auch die Dose mit meinen Milchzähnen nahm ich an mich. Als ich am Fenster auf halber Treppe vorbeikam, formte ich die linke Hand zur Pistole und zielte in den Abendhimmel. Das »Peng, peng« flüsterte ich.
In der Küche verschnürte ich die Zettel, die Dose mit den Zähnen und die Videokassette in einer Plastiktüte zu einem wasserundurchlässigen Paket. Meisis füllte einen Rucksack

mit den Lebensmitteln, die noch übrig waren. Metta stand still.
Auf ein Stück leeres Papier schrieb ich Kurt eine Nachricht. Wenn er wollte, sollte er in dem Haus leben. Ich platzierte den Zettel in der Mitte des Tisches.

Das letzte Licht ließ die Stämme der Kiefern rot aufleuchten. Meisis lief voraus. Unter meinen Sohlen knisterte das Gras, als würde es sich gleich entzünden. Bevor ich in den Wald trat, schaute ich noch einmal zurück. Die Sonne versank hinter dem Haus. Der Himmel sah aus, als ob er brannte. Schwer war mein Herz, während ich Abschied nahm. Unvorstellbar fühlte es sich an, zu wissen, dass ich nie wieder zurückkehren würde. Ich nickte dem Haus ein letztes Mal zu und trat zwischen die Kiefern, trat in den vertrauten Geruch der Bäume, folgte Metta und Meisis. Wir gingen ohne Hast. Manchmal blieb ich stehen und legte die Hand auf die rissige Rinde eines Baumstammes. Wäre es möglich gewesen, den Wald zusammenzufalten und einzustecken, ich hätte ihn in der Manteltasche verstaut.
Die Bäume lichteten sich, wir erreichten den Fluss. Das Wasser glänzte wie schwarzer Lack. Die Wucht der Betonbrücke nahm einen Großteil der Landschaft ein.
Ein Nachtfalter verfing sich in meinem Haar. Vorsichtig löste ich ihn heraus und musste an Göstas Schmetterlingssammlung denken. Würde sich jemand ihrer annehmen? Oder würde alles einfach so verlorengehen? Ich verbot mir, weiter darüber nachzudenken.
Wir kletterten nach unten zum Wasser und blickten zur anderen Seite. Meisis und ich zogen die Schwimmwesten an.
Du musst dich bewegen wie ein Frosch, hörte ich Ediths

Stimme in meinem Kopf. Ich verstaute die Plastiktüte in der Innentasche des Mantels.

Metta und Meisis sahen mich an.

Wir griffen uns an den Händen. Einen Moment zögerte ich noch, dann nickte ich, und wir wateten in den Fluss. Augenblicklich spürten wir die Strömung. Je weiter wir hineingingen, desto mehr riss sie an uns.

»Lass mich nie los«, rief ich Meisis zu. Dann begann ich zu schwimmen. Die Welt kippte, und das einzige, was ich hörte, war das Tosen des Wassers. Es nahm mich auf, als hätte es seit Jahren auf mich gewartet.

DANK

Hildegard Kempowski, für den Rückzugsort im Moor, den Büchergang und den Schreibtisch mit Blick auf das Feld.
Dem Literaturinstitut Hildesheim, insbesondere Thomas Klupp und Philipp Werner, für den Zuspruch. Meike, Uwe, für alles! Greta und Malvine für das Lesen im Frühling, im Haus auf den Klippen, und für eure Zuversicht. Valentin Tritschler für die Begeisterung. Marina Schwabe, Tatjana von der Beek und Leonie Colditz für die Freundschaft, den Input, jede Anmerkung, das Kaffeetrinken und überhaupt – sowie allen anderen Freunden, die für mich da waren in dieser Zeit – ihr habt mein Herz.
Und Nick-Julian Lehmann. Für das Knüpfen des roten Fadens, die Dramaturgie, den genauen Blick, jedes Gespräch und dafür, dass du mir zugehört hast, seit dem Beginn, als dieser Roman noch nicht viel mehr war als ein paar MILCHZÄHNE in einem Fragment.

Das Gedicht »bernstein« auf S. 209f. stammt aus dem Band »Proben von Stein und Licht« von Anja Kampmann. Erschienen 2016 im Carl Hanser Verlag, München.

ISBN 978-3-351-05068-9

Blumenbar ist eine Marke der Aufbau Verlag GmbH & Co. KG

1. Auflage 2019
© Aufbau Verlag GmbH & Co. KG, Berlin 2019
© Helene Bukowski, 2019
Einbandgestaltung und Gestaltung von Vorsatz und Nachsatz
zero-media.net, München
unter Verwendung eines Bildes von FinePic®, München
Satz Greiner & Reichel, Köln
Druck und Binden CPI books GmbH, Leck, Germany
Printed in Germany

www.aufbau-verlag.de
www.blumenbar.de

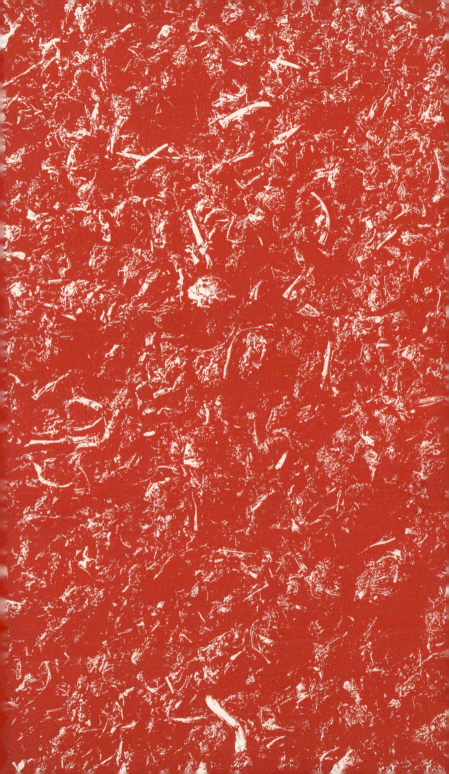